# LE CAFÉ SANS NOM

DU MÊME AUTEUR CHEZ SABINE WESPIESER ÉDITEUR

*LE TABAC TRESNIEK*
2014 ; Folio, 2016

*UNE VIE ENTIÈRE*
2015 ; Folio, 2017

*LE CHAMP*
2020 ; Folio, 2022

*LE DERNIER MOUVEMENT*
2022 ; Folio, 2023

ROBERT SEETHALER

# LE CAFÉ SANS NOM

traduit de l'allemand (Autriche)
par Élisabeth Landes et Herbert Wolf

troisième tirage

SABINE WESPIESER ÉDITEUR
13, RUE DE L'ABBÉ-GRÉGOIRE, PARIS VI
2023

Titre original : *Das Cafe ohne Namen*

# 1

Robert Simon quitta l'appartement dans lequel il vivait avec la veuve de guerre Martha Pohl, à quatre heures et demie, un lundi matin. C'était la fin de l'été 1966, Simon avait trente et un an. Il avait petit-déjeuné seul – deux œufs, du pain beurré, du café noir. La veuve dormait encore. Il l'avait entendue ronfloter dans la chambre. Il aimait bien ce bruit, ça l'émouvait curieusement, et il jetait quelquefois un œil par la porte entrebâillée, dans l'obscurité où palpitaient les narines grandes ouvertes de la vieille femme.

Dehors le vent lui fouetta le visage. Quand il venait du sud, il charriait la puanteur du marché, un relent d'ordures et de fruits pourris, mais ce jour-là le vent venait de l'ouest, l'air était pur et frais. Simon longea le grand bloc gris des retraités du tramway, la tôlerie Schneeweis & fils, et une rangée de petites boutiques qui, toutes, à cette heure, étaient encore fermées. Il gagna la Leopoldsgasse par la Malzgasse, et après avoir traversé la Schiffamtsgasse, atteignit la petite Haidgasse. Au coin de la ruelle, il s'arrêta pour jeter un coup d'œil à la salle de l'ancien café du marché. Il colla son front à la vitre et scruta l'intérieur en plissant les yeux. Les tables et les chaises étaient empilées devant le grand comptoir sombre. La couleur du papier peint avait passé, et à certains endroits il se gondolait. On aurait dit que les murs avaient des visages. Ils ont besoin d'air, se dit Simon. Il faudra laisser les fenêtres ouvertes quelques jours avant de commencer à peindre. L'humidité, la poussière, les vieux fantômes. Il se détacha de la vitre, se retourna et traversa la rue qui le séparait du marché, où Johannes Berg levait à grand fracas le rideau métallique de sa boucherie

« Bonjour, dit le boucher, tu peux me hacher quelques blocs de glace, si tu veux.

– J'ai assez à faire avec les légumes, dit Simon, dix-neuf caisses de rutabagas. »

Le boucher haussa les épaules et entreprit de baisser son store à la manivelle. Il transpirait, sa nuque luisait dans le soleil matinal.

« Si tu veux, je te graisserai les charnières tout à l'heure, dit Simon.

– Ça, je peux le faire tout seul.

– L'hiver dernier tu les as graissées avec du saindoux rance. Au printemps ça empestait jusqu'au Prater.

– Ce n'était pas du saindoux, c'était de la graisse qui me restait.

– Tu me le dis, si tu veux un coup de main. Je peux le faire tout à l'heure. Ça ne prendra pas longtemps.

– D'accord », dit le boucher. Il décrocha la manivelle, la posa à côté de la porte et passa ses mains sur son tablier maculé de sang. La lumière tamisée de la toile rouge à rayures blanches estompait doucement ses traits.

« La journée va être belle, dit-il. Beaucoup de soleil mais pas trop chaude.

– Pour sûr, dit Simon. À tout à l'heure. »

C'était un homme sec, aux bras nerveux et aux longues jambes minces. Son visage était tanné par le travail en plein air, ses cheveux blond cendré retombaient en désordre sur son front. Ses mains étaient grandes, constellées de cicatrices à force de manipuler des caisses de bois rêche. Ses yeux étaient bleus. La seule chose qui fût vraiment belle chez lui.

Il marchait plus lentement que d'habitude, et beaucoup de commerçants levaient la main ou lui lançaient un mot aimable. Cela faisait sept ans qu'il était sur le marché, mais aujourd'hui c'était son dernier jour, et ils le suivaient des yeux, sans bien savoir s'ils devaient s'en attrister ou se réjouir pour lui.

Il alla au point de chargement hisser sur son épaule des caisses de rutabagas et d'oignons et les porta au stand de fruits et légumes de Navracek. Il coupa le vert des oignons et les germes des pommes de terre, retourna le tas de bois de chauffage pour l'empêcher de moisir et empila les palettes vides. Chez le poissonnier, il nettoya les écailles, les mucosités et le sang des bacs de glace. Il fourra la glace souillée et les têtes aux yeux globuleux et aux gueules béantes dans un sac qu'il porta aux ordures. Puis il passa au stand des jouets avec les autos de bois et les petits manèges de fer colorés et ponça la rouille du gratte-boue. Son travail lui avait toujours plu : la variété, l'effort physique, l'argent de la journée qui tintait dans ses poches le soir. Il aimait l'air clair et froid de l'hiver, et la chaleur de l'été, qui amollissait l'asphalte où s'enfonçaient les capsules de bière, il aimait les voix enrouées des marchands, qui se couvraient les unes les autres, et l'idée de n'être qu'un petit rouage d'un immense organisme, bruyant, palpitant.

Avant la fin du marché il revint à la boucherie. Il s'était procuré un pot de graisse chez le quincailler pour lubrifier les charnières du store. Il plongeait un doigt dans la graisse et la répartissait sur les charnières et le pas de la vis de réglage. Il travaillait minutieusement, les doigts douloureux à force de tripoter la vis.

« Tu vas finir par m'user le fer à frotter comme ça », dit le boucher. Il prit une bourse dans le tiroir à couteaux et en extirpa gauchement un billet.

« Laisse », dit Simon.

Le boucher haussa les épaules et rempocha son argent.

« Tu reviens quand tu veux, dit-il. Pour quelqu'un comme toi, il y a toujours du travail.

– Merci.

– En tout cas je te souhaite bonne chance. Mais de toute manière on va se revoir.

– Oui, dit Simon. À bientôt. »

Ce soir-là, il ne rentra pas par le chemin habituel. Il suivit les ruelles de Leopoldstadt jusqu'à la Praterstrasse et la Vorgartenstrasse et gagna le Danube, où péniches et chalands émergeaient de l'ombre du Reichsbrücke et remontaient le fleuve dans la lumière irisée du couchant. Sur la rive, à la hauteur de l'ancienne usine de construction mécanique, il se mit à courir. Il courait sur le chemin de terre, longeant des blocs de béton géants, des fosses de débris de verre, des tas de ferraille et des grilles de fer rouillées. Du bois flotté et des cartons gonflés d'eau clapotaient le long des berges. Les mouettes rieuses glapissaient au-dessus de lui, et sur la rive nord, au-dessus de la plaine du Danube, planaient les cerfs-volants des enfants des faubourgs, minuscules taches de couleur dans le ciel. Il courait, haletant, la bouche ouverte, les bras ballants. La sueur lui coulait sur la figure, dans sa gorge il sentait battre son cœur. Clignant des yeux dans le soleil, il voyait le café avec sa salle poussiéreuse, les tables et les chaises dans la pénombre, les visages sur le papier des murs, et poursuivant sa course sur le chemin cahoteux, les poumons en feu, passant sous le Augartenbrücke, dévalant un talus lessivé par les eaux, foulant la caillasse brûlante qui cliquetait sous ses pieds, dépassant des joncs noirs et les épineux où voletaient des lambeaux de papier, il se disait qu'il pourrait continuer à courir indéfiniment, sans jamais s'arrêter.

# 2

Le lendemain matin à neuf heures, Robert Simon était au coin de la rue devant le café. Le propriétaire de l'immeuble, Kostya Vavrovsky, lui avait donné rendez-vous. « Soyez à l'heure, avait-il précisé, n'allez pas risquer de vous faire souffler l'affaire sous le nez. C'est bien situé, et l'économie reprend, elle est en pleine effervescence. »

Son histoire d'emplacement, c'était une question de point de vue. Le quartier des Carmélites comptait parmi les plus pauvres et les plus sales de Vienne, la poussière des décombres qu'avait laissés la guerre, et qui servaient aux fondations des nouveaux immeubles communaux et des barres de logements ouvriers, y collait encore aux vitres des caves. Mais, pour l'effervescence de l'économie, Vavrovsky avait probablement raison. Les journaux dans lesquels les poissonniers emballaient les ombles et les truites du Danube annonçaient une ère nouvelle. Du bourbier du passé allait émerger un avenir radieux. Partout les machines crépitaient, martelaient, mugissaient, les vapeurs de goudron des rues fraîchement asphaltées se mêlaient aux parfums champêtres du Prater et à l'âpre humidité que portait le vent de la plaine du Danube.

« La chose a de l'avenir, dit Vavrovsky. Croyez-moi, j'ai le sens des affaires. » Il tira un trousseau de clés de son sac, ouvrit la porte et s'effaça devant Simon.

« Une fois les fenêtres nettoyées, vous aurez le soleil, ce sera très lumineux. Et ça vous fera des économies de chauffage.

– La chaudière remarche ?

– Elle a toujours marché, elle était juste un peu bouchée. »

Simon examina les lieux. Il y était venu à plusieurs reprises ces dernières semaines, mais maintenant tout lui paraissait uniformément sombre et minable. Les verres sur les étagères étaient ternes, poussiéreux. Des traînées de calcaire zébraient l'évier. Derrière le comptoir une chaussure de dame noire, dépareillée, gisait au sol.

« Tout ça est à vous maintenant, dit Vavrovsky. Si vous mettez le paquet, dans quelques jours vous ouvrez. »

Il posa les clés sur le comptoir et sourit : « Je passerai boire un verre un de ces quatre. Ça ne me fait pas loin ! »

Kostya Vavrovsky habitait le dernier étage de son immeuble, deux pièces et demie sous les toits. L'avant-veille encore, Simon épluchait avec lui le bail du café à la table de sa cuisine. Tandis qu'il tentait d'extraire du sens de tous ces paragraphes, il entendait les pigeons trottiner, grattouiller au-dessus de sa tête, et il serait bien allé contempler avec eux l'étendue des prés danubiens et, à l'opposé, les pentes ombragées du Kahlenberg. Ces formules alambiquées l'emplissaient de malaise. Aussi loin qu'il s'en souvînt, les syllabes l'avaient toujours plus embrouillé qu'éclairé. Il n'avait pas passé beaucoup de temps à l'école. La première fois que, un cahier et un bout de pain en main, il avait mis les pieds dans celle de la Malzgasse, et qu'on l'avait assis dans une classe parmi quarante-trois autres enfants, la guerre battait son plein, et pas plus que trois ans plus tard, un matin à l'aube, les bombardiers alliés transformaient le bâtiment de l'école, cave y compris, en un tas de cendres fumantes.

À l'époque déjà il se souvenait à peine de l'avant-guerre. Son père était une sorte de créature de légende, une ombre qui – il lui était au moins resté cette image-là – avait passé la porte dans un lourd manteau, sa feuille de route en poche, et n'était jamais revenu. Trois mois seulement après la nouvelle de sa mort héroïque dans un hôpital de campagne, sa mère mourait d'une septicémie contractée en nettoyant des clous rouillés. Trop sonné pour être vraiment triste, Robert avait vécu, depuis, dans un foyer pour orphelins de guerre des sœurs de la Miséricorde. Le temps passé à l'orphelinat au milieu des autres enfants tout aussi perdus avait pâli les visages de ses parents et tout ce qui avait trait à eux. Il lui restait le souvenir d'un lourd manteau et d'une blouse embaumant la cuisine, ainsi que l'image floue d'un escalier baigné d'une lumière jaune, sur la dernière marche duquel gisait une paire de lunettes aux verres finement rayés, allez savoir pourquoi.

Le jeune Simon perçut la fin de la guerre comme une sorte d'allégresse ravalée. Les gens ne parvenaient pas à saisir que c'était fini, l'effroi sur leur visage ne le cédait que très lentement à une expression de craintif soulagement. Puis ils commencèrent à déblayer. Par les fenêtres de la salle de classe, Robert pouvait observer des Viennois armés de pelles, de pioches et de seaux, crapahuter sur les montagnes des décombres. Certains d'entre eux s'asseyaient à midi sur les murs en ruines, pour manger un sandwich et boire du thé dans des pots de fer-blanc. Çà et là émergeait des décombres la paire de genoux pointus de quelqu'un qui s'était allongé pour souffler. Et Robert croyait parfois reconnaître ses parents parmi ces femmes et ces hommes gris de poussière : sa mère, jeune et belle, levant une pelle alerte au-dessus de sa tête ; son père, un chapeau crasseux enfoncé sur le front, le visage voilé d'un nuage bleu de cigarette.

À la fin de sa scolarité, la ville n'était plus la même. Le sol avait absorbé la poussière et les cendres. Nombre de maisons bombardées avaient été enlevées, les friches se couvraient d'herbes et les enfants y jouaient avec des éclats de verre et des bouts de fer. Mais petit à petit les brèches se comblaient. Partout les immeubles communaux sortaient de terre, dix étages au crépi clair avec des halls vitrés et des appartements à salle de bains carrelée et toilettes intérieures.

Par une chaude journée de mai 1947, Robert Simon assistait au Prater, avec quelques centaines de Viennoises et de Viennois, à la remise en marche très attendue de la Grande Roue désossée par les bombes, maintenant restaurée et allégée de quinze cabines. Il clamait son enthousiasme avec les autres, et en même temps son allégresse lui semblait comme fausse. Il était mal à l'aise à l'ombre de ce monstre gémissant dont les traverses lui paraissaient bien trop ténues pour supporter les gondoles de bois et leurs occupants hilares qui saluaient la foule. Il frissonnait dans la tiédeur de l'air printanier et, bien plus tard dans la soirée, il pensait encore avec inquiétude à la Grande Roue. Il en était sûr, elle était trop démesurée, trop lourde. L'acier allait céder à l'axe ou à l'attache des nacelles. À terme la structure ne tiendrait pas, c'était impossible. Il s'étonnait du délire qui l'avait saisi, transporté, il avait honte d'avoir hurlé au milieu de tant de personnes inconnues, il n'empêche qu'il souhaitait planer une fois lui aussi dans une de ces caisses rouges au-dessus du grouillement nerveux de la ville.

À quinze ans il quittait l'école sans une pointe de regret. Il savait lire, écrire et repérer du doigt sur la carte les pays les plus importants avec leur capitale, ça suffisait d'après lui pour se débrouiller dans le monde. Comme on manquait d'hommes valides, il trouvait du travail sans difficultés. Avec une troupe d'Allemands décharnés venus de Silésie, il alla monter des murs de pierres sèches à hauteur de genou dans les vignes de Grinzing, arracher les mauvaises herbes et gratter dans les chais le tartre et les dépôts des fûts. Il combla de terre et de gravats les cratères de bombes du Stadtpark et dégagea au marteau le fer qui subsistait dans les ruines à la gare du Sud. Il s'activa aussi un temps à débarrasser et à nettoyer les jardins des brasseries du Prater, et c'est peut-être là, en circulant entre les tables à la lueur des lampions bariolés pour ramasser les verres vides, les os de poulet et les mégots de cigarettes, que pour la première fois germa en lui un désir : faire quelque chose qui donnerait à sa vie une assise décisive. Être un jour derrière le comptoir de son propre café.

Robert Simon passa le reste de sa jeunesse chez les sœurs de la Miséricorde, après quoi il fut hébergé dans un foyer du Secours populaire, avant de trouver finalement par les petites annonces sa chambre meublée chez la veuve de guerre.

OFFRE CHAMBRE PROPRE À PERSONNE CONVENABLE. LOCATION PROVISOIRE OU DURABLE. PAS DE FILOU, PAS DE BUVEUR, PAS DE FEMMES, DÉCLARATION À LA MAIRIE, HEURES DE REPOS FIXES, LINGE, POÊLE ET RADIO FOURNIS, AU BESOIN PETIT DÉJEUNER.

Quand il s'était présenté à l'appartement de la veuve, Simon s'était efforcé de donner une impression de sérieux. Il avait emprunté un costume de deuil à un collègue et s'était passé de la brillantine dans les cheveux. Mais les manches du costume étaient trop courtes et la sueur lui perlait au front. Il se sentait bête dans cet accoutrement et, d'ailleurs, trop grand et bien trop balourd pour ce décor de dame avec ses sièges rembourrés et ses deux frêles danseuses de porcelaine sur le rebord de la fenêtre.

« Bien, dit la veuve, donc ça vous intéresse.

– Vous cherchez sans doute quelqu'un d'autre, dit Simon.

– Qui donc ?

– J'sais pas. Quelqu'un qui irait mieux avec tout ça ici.

Vous voulez voir la chambre ou pas ? »

Il acquiesça et ils passèrent à côté. La pièce était petite et propre. Un lit, une armoire, une fenêtre sur cour, un crucifix au mur.

« C'est bien, dit-il.

– Oui, dit la veuve. Il y a tout ce qu'il faut. On pourrait peut-être encore mettre un tableau au mur.

– Mais pas trop grand, dit-il. Ça assombrirait. »

Il sentait le regard de la veuve dans son dos. Il eut une sensation de froid tout à coup. Et il fourra les mains dans les poches de son pantalon en fixant le mur.

« Vous la voulez ? demanda la veuve.

– Oui, j'aimerais beaucoup », dit-il après un instant de silence. Puis il se tourna vers elle et ils échangèrent une poignée de main.

À l'époque il aidait déjà depuis un bout de temps au marché, ce qui lui permettait de poser parfois sur la table de la cuisine quelques pommes de terre pour la soupe, un céleri-branche, un morceau de foie ou même un paquet de hachis de porc. Il gagnait assez pour son entretien, et cette vie lui convenait, il se serait bien vu, quant à lui, continuer un bon moment comme ça.

Mais voilà que le café du marché au coin de la rue avait fermé. C'était un bistrot sombre et mal entretenu. Le gérant, un ex-viticulteur du Südburgenland entre les mains duquel la vigne avait expiré, l'avait repris après la guerre et laissé végéter toutes ces années. C'était un homme renfermé, taciturne, qui passait le plus clair de son temps sur un tabouret à côté de l'entrée, à regarder la rue d'un œil vague. Sa bière était tiède et tout le monde au marché savait que les œufs marinés de son comptoir flottaient dans leur bocal depuis beau temps. Il n'empêche que Simon y allait volontiers. Le lierre qui grimpait sur le mur de la maison et qui bourdonnait d'insectes l'été lui plaisait, et il aimait la terrasse aux pavés tellement lisses qu'on clignait des yeux, ébloui, dés qu'un rayon de soleil les éclairait. Après avoir fini sa journée, il s'y attablait quelquefois et regardait les commerçants astiquer leurs comptoirs et laver le trottoir des restes de détritus. Il se disait que ce ne serait pas bien sorcier d'y attirer les gens : de la bière fraîche, des verres propres et une vraie machine à café, pas comme cette caisse informe qui trônait là-dedans sur le comptoir et ne produisait que du bruit et une amertume noirâtre.

Un jour, donc, le patron disparut. Un marchand prétendit qu'il était retourné au Burgenland et hantait maintenant ses anciens vignobles, un autre jurait ses grands dieux l'avoir vu dans une scierie du Waldviertel, tirer les planches d'une scie de long, des bouchons de cire dans les oreilles, en fixant obstinément un point obscur entre les lames.

Ces hâbleurs ne faisaient qu'affabuler, et quand le cafetier n'eut pas reparu de l'hiver et qu'une couche de poussière veloutée se fut déposée sur les vitres de son café, il fut bien vite oublié.

Mais dans sa chambre chez la veuve de guerre, travaillé par un désir éclos sous les lampions bariolés qui s'embrasait subitement, Robert Simon se tournait et se retournait sur sa couche au fil des nuits, si bien qu'un beau matin il sauta de son lit sans déjeuner ni se passer les doigts dans les cheveux, mit le cap sans désemparer sur la Haidgasse, gravit au pas de course les six étages qui menaient à la mansarde de Kostya Vavrovsky et postula, le cœur battant, à la gérance du vieux café du marché.

# 3

Le jour même où Vavrovsky lui avait posé le trousseau de clés sur le comptoir et l'avait laissé dans la pénombre de la salle, Robert Simon se mit au travail. Il ouvrit toutes les fenêtres et vit un essaim de moucherons noirs se détacher brusquement du bar et leur nuée fantomatique se dissiper dans la rue. Il arracha le papier peint et appliqua une épaisse couche de peinture blanche sur les murs. Il passa une série de jours à genoux sur le sol, à poncer les lattes du plancher avec un bout de bois enveloppé de papier émeri. Il décapa les tables et les chaises, qu'il enduisit ensuite d'un liquide à l'odeur caustique dont les émanations le précipitèrent plusieurs heures dans un état d'euphorie vaseuse. Il sortit les meubles à sécher dans la rue et observa les nervures du bois s'animer lentement sous les rayons de soleil. Puis il ôta à la brosse de fer le tartre des armatures et la rouille des charnières de la porte de la cuisine qui donnait sur une petite arrière-cour. Contrairement à la salle, la cuisine n'était pas en mauvais état, l'homme du Burgenland l'ayant utilisée comme remise, et manifestement aussi parfois pour dormir. Simon traîna dans la rue des caisses de bouteilles vides, cinq sacs de bouchons friables, un tas de linge sale et un vieux sommier. Il briqua le fourneau et les carreaux à la chamoisine et, pour chasser l'odeur aigre de la salle, y fit brûler toute une demi-journée des bouts d'écorce et des brindilles de sapin. Enfin il découpa un grand rectangle dans le lierre du mur à côté de l'entrée et y vissa un tableau noir pour les plats et les boissons. Il aurait aimé poser une enseigne au-dessus de la porte, mais, bien qu'il y eût beaucoup réfléchi, il n'avait toujours pas d'idée de nom pour son café. Il discuta du problème avec Johannes Berg, qui suivait les travaux depuis l'autre côté de la rue. Le boucher dit qu'à son avis le nom était absolument déterminant.

« Et si tu lui donnais le tien tout simplement, suggéra-t-il, Bistrot Simon, ça ferait bien sur l'enseigne, c'est court, ça frappe l'œil, et tu peux le peindre en grosses lettres. »

C'était une possibilité, concéda Simon, mais ça faisait un peu imbu de soi, trouvait-il, et puis ce n'était pas un bistrot qu'il ouvrait, mais un café.

« Peut-être que ça n'a pas d'importance finalement, conclut le boucher après un temps de réflexion. Tout compte fait, le Danube existait avant que quelqu'un l'appelle Danube. Alors, ton café restera sans nom et c'est très bien comme ça. »

Le soir précédant l'ouverture, Simon dîna à la cuisine avec la veuve de guerre. Elle avait attrapé un rhume en cueillant des herbes dans les prés du Danube et, en dépit de la chaleur estivale, s'emmitouflait dans une grosse écharpe. Ses paupières étaient rougies, et elle respirait par le nez en émettant un petit sifflement quand elle glissait la cuiller dans sa bouche.

« La soupe est rudement bonne, dit Simon.

– Les orties sont à point maintenant, dit la veuve. Elles ont absorbé tout l'été. On leur met des oignons, de l'ail et des os fumés, il n'en faut pas plus. Ce sont les os surtout qui donnent le goût. »

Simon aimait ces soirées passées avec la veuve. Mais il se dit qu'il n'y en aurait plus avant longtemps. Il était résolu à se débrouiller sans jour de fermeture. Au début surtout, il aurait besoin du moindre groschen, il ne pouvait pas renoncer à un septième des rentrées d'argent.

Ces dernières semaines, il avait réfléchi à beaucoup de choses de ce genre, mais, tout à coup, il n'était plus sûr d'avoir pensé à tout. Une inquiétude infiltrait lentement son cœur et lui pesait : l'inconnu, toutes les difficultés et les obstacles qui l'attendaient, l'adieu à l'insouciance de sa jeunesse.

« Vous pensez que ça peut donner quelque chose, mon café ? demanda-t-il à la veuve.

– Pourquoi est-ce que ça ne donnerait rien ?

– Je ne sais pas. Peut-être que je me suis surestimé. Je veux dire, qu'est-ce que je suis, en fin de compte ?

– Tout ira comme il faut, dit la veuve. J'ai un bon sentiment.

– Si vous le dites.

– Oui, je vous le dis. Il faut toujours que l'espoir

l'emporte un peu sur le souci. Le contraire serait vraiment idiot, non ? »

Il faisait sombre maintenant dans la pièce. La veuve économisait l'électricité, mais il savait que dehors les réverbères allaient bientôt s'allumer. Dans le clair-obscur, les mains de la veuve n'étaient plus que deux ombres minces sur la table. Pendant un bref instant, il eut l'impression qu'elles faisaient un mouvement vers lui. Puis il vit qu'elles étaient immobiles.

# 4

Robert Simon ouvrit comme prévu son café à midi tapant. À peine dix minutes plus tard arrivait le premier client. Simon le connaissait de vue, c'était un fruiticulteur de la Wachau, qui louait de temps à autre un espace entre les stands pour écouler ses paniers d'abricots. Il s'assit en terrasse et se mit à contempler le trottoir d'un air morne.

« Qu'est-ce que je peux vous servir ? » demanda Simon, qui s'était noué un tablier autour de la taille et coincé un crayon derrière l'oreille. Le marchand le regarda, stupéfait :

« Je te connais, toi, dit-il. Tu travailles sur le marché.

– Plus maintenant, dit Simon.

– Qu'est-ce que tu as ?

– Du café, de la limonade, du soda-framboise, de la bière, du vin de Stammersdorf et de Gumpoldskirchen, du rouge et du blanc. Et pour manger, des tartines de saindoux avec ou sans oignons, des cornichons et des sticks salés.

– C'est pas grand-chose

– Je viens d'ouvrir. Et puis c'est un café, pas un restaurant.

– Je vais prendre un Gumpoldskirchner. Un blanc, dans un verre à anse », dit l'homme.

Les clients suivants se présentèrent vers midi et demi. Deux vieilles connaissances du Prater dont les figures pâles et bouffies attestaient un faible pour la bière tchèque. Ils commandèrent deux pressions et prirent place à la fenêtre, où ils se mirent à chuchoter avec des mines de comploteurs. Peu après débarquait une troupe d'ouvriers de la voirie. Toute la matinée, ils avaient coulé du goudron et lissé le revêtement fumant avec leurs truelles à long manche, le visage protégé par des linges humides. Ils commandèrent de l'eau et des bières, et mangèrent les pommes de terre qu'ils avaient cuites dans le goudron brûlant, enveloppées de feuilles d'étain. Un voisin de l'immeuble d'à côté vint prendre un petit *Braunen* arrosé. Deux dames d'un certain âge en robe d'été et chapeau fleuri s'installèrent à côté du marchand d'abricots et commandèrent un quart de rouge et un soda-citron.

Les clients commençaient à affluer : des gens du quartier, des ouvriers de l'équipe du matin, des employés en bras de chemise, les filles de l'usine de fil de Schottenau, Simon courait à droite à gauche, prenait les commandes, tirait des bières, rinçait les verres à l'eau froide, les essuyait avec un torchon, en passait un autre sur les tables. Il sortait les cornichons au sel du bocal avec la tige de bois et tartinait le saindoux sur le pain qu'il avait commandé au boulanger du marché et pris le matin tout chaud sorti du four, emmailloté dans un linge blanc comme un nouveau-né.

Plus tard dans l'après-midi arrivèrent les marchands. Ils avaient entendu dire que le café rouvrait et ils étaient curieux. Ils s'asseyaient à une table ou s'accoudaient au comptoir, passaient une main sur le bois finement poncé et regardaient Simon tirer des pressions.

« Un demi ! Pour moi un rouge ! Trois blancs ! Dont un aux frais du patron ! »

Il y eut aussi des moments de calme où les conversations s'égrenaient, des moments de respiration où on aurait dit que tous se détendaient de concert sur leur chaise. Simon restait alors au comptoir et tendait les verres à la lumière pour en tester la propreté, et quand il se retournait pour en poser un sur l'étagère, il se voyait dans la glace avec son tablier, le crayon derrière l'oreille, une légère expression d'incrédulité sur la figure.

À six heures le boucher passa. Il s'assit, commanda un ballon de rouge et parcourut la salle des yeux.

« Je te l'avais dit, déclara-t-il. C'est très bien comme ça – avec ou sans nom. Et ça va aller de mieux en mieux, tu vas voir, Simon ! »

# 5

Un bus plein de femmes tristes se mit en route au soleil couchant. Il quitta en cahotant le site de la Première Usine de Confection de Floridsdorf, longea le cimetière de Jedlesee, les petits vergers fleuris, les friches et les chantiers, le Vieux Danube avec ses cabanes de bains aux senteurs de bois chaud, puis il traversa le Reichsbrücke et s'engouffra dans le dédale gris des rues de Leopoldstadt. Çà et là il s'arrêtait pour déposer une ou deux femmes, qui agitaient la main une dernière fois et disparaissaient sous un porche ou la porte basse d'un logement en sous-sol. Au Praterstern, c'est la jeune aide-couturière Mila Szabica qui descendit. Elle suivit un moment des yeux le bus qui faisait le tour de la place, puis s'insinuait dans les encombrements quotidiens de la Nordbahnstrasse.

Mila habitait une pièce et demie dans la Aloisgasse avec W-C et vue sur la façade jaune d'or de l'hôtel Wilhelmshof. C'était une fille de la campagne petite et ronde, aux mains perpétuellement rouges et aux grands yeux noisette. Quelques années plus tôt, ses parents, qui cultivaient des pommes en Styrie du Sud, avaient envoyé leur fille unique à la ville, où l'usine de confection offrait des emplois sûrs, « à vie », disait l'annonce. Quand elle était partie de la ferme dans la brume matinale prendre le train de Vienne, elle avait senti au cœur une très fine déchirure et quelque chose l'avait envahie, dont elle ne savait si c'était un poids diffus ou un chaud sentiment d'attachement au pays. Elle avait dissimulé son visage dans un fichu de laine et pleuré tout au long du trajet, tassée sur la banquette. Quand elle était enfin descendue à la gare du Sud vers midi, elle se sentait étrangement légère et quasi prête à envoyer valser ses godasses de campagnarde, pour aller fouler pieds nus le quai et les pavés de la ville.

Mila était d'une nature robuste. L'avance que les autres filles de l'usine avaient en matière de savoir-faire et de dextérité, elle la compensait par la ténacité et l'application. On pouvait compter sur elle, elle ne se laissait guère distraire par les grandioses attractions de la ville et, surtout, ne se commettait pas avec les syndicats. Si elle continuait comme ça, disait le directeur adjoint, monsieur l'ingénieur Steinwender, elle pourrait même passer couturière un jour ou, qui sait, à terme rien n'est impossible, peut-être même contremaître.

Six fois par semaine, Mila partait aux aurores pour Floridsdorf dans le bus diesel de l'usine, se courbait toute la journée dans le hall 2 rangée 5 sur l'incessant claquement de sa Singer et se laissait ramener chez elle le soir, le dos raide et les doigts dolents ; elle se préparait alors de quoi dîner et allait au lit de bonne heure.

Le bus avait disparu. Mila s'achemina vers l'appartement. Elle fourra la main dans la poche de son manteau d'été tout en marchant et serra bien fort l'enveloppe avec l'argent. C'était la dernière paie de son emploi « à vie ». Les Chinois débarquaient, leur avait annoncé monsieur l'ingénieur Steinwender une semaine auparavant, lors d'une assemblée générale du personnel hâtivement convoquée, il n'y avait rien à faire, voilà, ils étaient moins chers que les Autrichiens. C'était bien ennuyeux, mais c'était comme ça et, d'ailleurs, celles qui voulaient n'avaient qu'à aller s'en prendre aux syndicats. Le rire du directeur adjoint rendait un éclat métallique sous le toit haut du hall de l'usine, et les femmes s'étaient réinstallées derrière leur machine, pour coudre les ourlets de manches de la dernière collection de chemisiers de Floridsdorf.

Dans l'enveloppe il y avait mille deux cent quatre-vingt-trois schillings. Avec les économies que Mila avait cousues dans son matelas, ça suffirait pour trois mois. Si je me débrouille bien, peut-être même quatre, se dit-elle. Mais ce ne sera pas nécessaire. Les Chinois sont peut-être moins chers, mais je suis jeune, je suis forte et j'ai de la volonté.

Le lendemain matin, elle commença à chercher du travail. Dans un café ouvrier de la Zirkusgasse, elle éplucha les journaux et releva les adresses des places qui pourraient lui convenir. Il n'y en avait pas beaucoup. Mis à part le travail à la machine à coudre, elle n'avait rien appris. Elle savait comment guider et tourner le tissu en suivant le patron, comment remplacer en un tournemain la bobine de fil, lubrifier avec une goutte d'huile le crochet rotatif, et c'était tout. Elle n'était pas très bonne cuisinière, et pour un emploi de vendeuse dans un grand magasin ou une boutique de prêt-à-porter, elle se sentait trop lourdaude et trop inculte. Mais elle savait tenir une maison et elle avait de la force dans les bras et dans les jambes, pas comme ces coquettes aux airs de poupée dont les talons aiguilles claquaient à toute heure du jour sur les pavés du Prater, et qui se trouvaient visiblement trop bien pour repriser leurs bas filés.

Les semaines passaient, et elle n'avait toujours pas de travail. Chaque matin elle avait parcouru la ville, une feuille à la main, pour faire le tour des adresses qu'elle avait notées. Souvent la place était déjà prise. Ou elle n'avait pas la qualification, surtout quand il s'agissait de lire et d'écrire. On l'avait refusée une fois à cause de son manteau élimé au col et aux manches. Une autre fois, à cause de ses rondeurs. « Excusez-moi, jeune fille, lui avait déclaré la gérante d'une filiale sous la lumière d'un lustre en cristal, dans une boutique de lingerie féminine du centre-ville, mais, pour notre boutique, vous êtes tout simplement trop forte. »

Mila aurait peut-être trouvé du travail dans une propriété agricole au-delà de la périphérie effrangée qui mordait peu à peu sur la campagne, ou encore plus loin, dans les fermes ou les champs de Gänserndorf et du Waldviertel, mais trimer dans le vent et la pluie ou sous un soleil torride, elle l'avait assez fait.

Un après-midi, elle revint à Leopoldstadt, les pieds gonflés, éreintée. Elle descendit du tram à Taborstrasse et fit un petit détour par le marché. Elle aimait son grouillement, les piaillements des femmes, les clameurs des marchands, et les parfums de fruits et légumes qui flottaient au-dessus des étals de primeurs et pouvaient, trois mètres plus loin, se muer en remugles putrides. À la boucherie, elle s'arrêta pour regarder le boucher dépecer une carcasse de bœuf.

Les yeux plissés et un bout de langue entre les dents, Johannes Berg s'affaira d'abord avec la scie, décolla ensuite la viande au couteau à désosser, puis en enleva la graisse. D'un ample geste, il débarrassa la planche du cartilage et des restes de gras, qui allèrent claquer sur les carreaux du sol. Tandis qu'il enveloppait les morceaux un à un dans du papier boucherie, son regard tomba sur la jeune femme devant la boutique. Ses yeux qui mangeaient son visage inerte, blême. Elle resta postée là un instant, immobile, puis s'affaissa sur elle-même et s'effondra.

Quand Mila reprit connaissance, elle était assise sur le trottoir, le dos contre une bouche d'incendie, les jambes étendues droit devant elle.

« Je crois que je me suis évanouie, dit-elle en voyant surgir devant elle le visage écarlate du boucher.

– Il y a des gens qui ne supportent pas la viande, dit-il. Ils la mangent, mais il ne faut pas qu'ils la voient.

– Non, non, la viande a l'air très bien, protesta Mila, encore un peu sonnée. Et vous l'avez si bien découpée.

– N'empêche que vous vous êtes évanouie. Il faut boire quelque chose. Venez, je vais vous aider à vous relever. »

Ce jour-là, il n'y avait pas grand monde au café. Un homme en bleu de travail fumait des cigarettes sans filtre en buvant un café à l'une des tables contre le mur. Debout en chaussettes sur le comptoir, Robert Simon essuyait la poussière des lampes du plafond.

Du dehors il entendit la voix du boucher : « Simon, un soda, avec des cornichons ! »

Dans l'encadrement de la porte grande ouverte, il vit Johannes Berg traverser la rue avec une jeune femme qu'il tenait par l'épaule d'un bras précautionneux.

Il passa un dernier coup de chiffon sur l'abat-jour de la lampe et sauta du comptoir sans plus de bruit qu'un chat.

« Je me suis évanouie », dit la femme. Ils avaient atteint le seuil de la porte, Simon vit que son visage était livide.

« Ça n'a rien à voir avec la viande », dit le boucher. Il poussa Mila à une table et s'assit en face d'elle. Simon prépara un soda, pêcha quelques cornichons dans le bocal et alla s'asseoir avec eux.

« Merci, dit Mila, qui but son verre d'un trait et mordit dans un cornichon.

– Vous en voulez un autre ? » demanda Simon.

Mila secoua la tête. Elle prit une deuxième bouchée et fondit en larmes.

« Oh, dit le boucher. Là, maintenant, ça…

– Non, dit Mila en sanglotant. Ce n'est rien, vraiment rien.

– Bon sang ! » dit Simon. Il était tellement pris de court, tellement désemparé, qu'il se demandait tout à coup ce qu'il faisait attablé là. Il coula un regard de biais au boucher, mais Johannes Berg baissait la tête et semblait examiner les taches de son tablier.

« Ben, j'sais pas... », bafouilla Simon. Il n'avait vu pleurer une femme qu'une seule fois dans sa vie. C'était à l'école, un jour où, en plein milieu d'une dictée, de grosses larmes s'étaient mises à rouler sur les joues d'une des sœurs de la Miséricorde. Pas un enfant ne savait pourquoi elle pleurait, certains ne s'en étaient sans doute même pas aperçus, et au bout de quelques instants, qui avaient toutefois paru une éternité au petit Robert, elle s'était essuyé le visage d'une manche de son habit, et la dictée s'était poursuivie.

« Vous devriez peut-être nous dire ce qui se passe ? demanda le boucher, qui avait tout de même fini par relever la tête. On ne se met pas à pleurer comme ça sans raison, j'imagine.

– Il se passe rien, bredouilla Mila. C'est juste que je n'ai pas de travail. J'en ai perdu un et pas moyen d'en trouver un autre. Pas de travail, pas de perspective, pas d'argent. Et une de ces faims que je me mets à aimer les cornichons au sel.

– C'est vraiment moche, dit le boucher.

– Ça va s'arranger », dit Mila. Elle avait cessé de pleurer à présent et se frottait le coin des yeux du bout des doigts pour en chasser les larmes.

« C'est très embêtant, dit le boucher. Mais vous allez sûrement trouver quelque chose.

– Sûrement, dit Mila. On trouve toujours quelque chose.

– Vous voulez un autre soda ? » demanda Simon.

Mila secoua la tête. « Je crois que je vais y aller, dit-elle.

– Elle pourrait peut-être commencer ici, dit le boucher.

– Quoi ? fit Simon.

– Elle pourrait commencer chez toi.

– Mais pourquoi chez moi ?

– Parce que tu n'y arrives pas tout seul. Tu passes tes journées à courir comme un dératé, tu le dis toi-même.

– Il faut vraiment que j'y aille maintenant, coupa Mila.

– Reste assise, faut qu'on en discute, dit le boucher. Écoute voir, Simon, le café marche drôlement bien. Même beaucoup mieux que tu l'espérais au départ.

– Oui, ça ne marche pas mal, tout compte fait.

– Donc, quelqu'un qui t'aide ne serait pas de trop, non ?

– Ce n'est pas si simple, argua Simon. Vous avez déjà travaillé comme serveuse ? »

Mila secoua la tête.

« Vous voyez, donc ça ne va pas être possible.

– On n'est pas obligés de compliquer les choses, dit le boucher. Toi non plus tu n'avais jamais tenu de café, avant d'ouvrir. Et maintenant tu en tiens un. Vous pouvez toujours essayer. Si ça ne marche pas, tant pis, vous aurez au moins essayé. »

Simon réfléchit un instant, puis dit : « D'abord, est-ce que ça vous fait envic, à vous, ce genre de travail ?

– J'ai besoin d'un travail, pas d'une envie, dit Mila. J'arrive à me débrouiller avec la plupart des gens et je suis sûrement capable de porter quelques verres. Si j'en casse, vous pourrez toujours les retirer de ma paie. Le travail ne me fait pas peur, regardez la corne sur mes doigts. Elle résiste aux coups de canif. Le loyer est payé jusqu'à la fin du mois, après je suis à la rue. Donc si t'as du travail pour moi, c'est merci, je le prends. »

Simon et le boucher se regardèrent.

« Bon, d'accord, dit enfin Simon, on va essayer. Tu t'appelles comment ?

– Mila.

– Moi, c'est Simon. Le café n'a pas de nom. Si tu as une idée, tu me le dis.

– D'accord, dit Mila. Mais là je ne peux rien promettre. »

# 6

UNE SORTE de géant parut sur le pas de la porte, des cheveux noirs et courts pas peignés, un nez cassé, surmonté de petits yeux d'un bleu délavé. C'était René Wurm, un des catcheurs du Heumarkt. L'été, René combattait sous les hurlements de milliers de spectateurs contre des hommes tels que Georg Blemenschütz, Gerd « Bambule » Franticek ou Wlado Knjevskow, l'ours de Géorgie. Pendant ces semaines-là il était un héros en short de soie dont la peau luisante de sueur et d'huile reflétait le soleil, acclamé, invincible jusqu'au dernier round de la journée qu'il avait toujours à perdre contre Blemenschütz ou Orlic le Barbare. Le reste de l'année, il travaillait comme vendeur de billets et aboyeur aux autos-tamponneuses. Ses annonces passaient pour les plus insipides de tout le Prater, mais sa carrure tenait en respect les jeunes picoleurs et les bagarreurs, qui allaient se casser la figure ailleurs pour leur dulcinée.

« Fais attention à la porte », cria Simon de son comptoir – trop tard, la porte claqua, la poussière dégringola du linteau et les verres tintèrent sur les étagères.

« Fait chier, cette porte », dit René.

À cette époque – on était fin octobre et il faisait froid –, René était toujours de mauvais poil. L'été était fini, la saison avec le grand final où on lui avait passé trois fois, puis arraché aussi vite, la ceinture d'or était close, et de ses cachets ne subsistait quasiment plus rien. Ne lui restaient que les blessures d'innombrables coups de poing et coups de pied, manchettes et vols planés.

« Une quetsche, s'il te plaît, dit-il à Mila en s'attablant auprès de ses amis, le poissonnier Frank Wessely et Harald Blaha, un préretraité de la compagnie de gaz.

– Tu commences déjà à picoler à cette heure ? » fit Blaha en clignant l'œil droit. Le gauche lui avait été arraché par un éclat de grenade à Novorossiisk, depuis, il avait un œil de verre qu'il extirpait parfois de son orbite après quatre ou cinq bières, pour le faire rouler sur la table.

« Une quetsche, ce n'est pas ce qui s'appelle boire », répliqua René.

Mila apporta le schnaps, qu'il siffla cul sec. « Un autre, dit-il, et un pour eux. »

Ils burent leurs schnaps et commandèrent des bières.

« J'arrête les autos-tamponneuses, dit René. C'est trop crétin. De toute façon, maintenant, à l'automne, il n'y a plus de clients.

– Qu'est-ce que tu vas faire ? »

René haussa les épaules. « J'sais pas. Il faudrait vivre en Amérique. Là-bas il y a des combats toute l'année. Des halls grands comme ça où tu mets la moitié du Prater. Ils ont d'autres dimensions. Pareil pour les cachets :

tu fais quatre ou cinq tournois, et ça te rapporte assez pour quelques années. Il suffit d'être dans la bonne fédération. Avec la bonne fédé, tout le monde peut se faire du pognon en Amérique.

– Voilà comment je me représente les choses, déclara Wessely. Être riche au moins une fois dans sa vie. Du blé plein les poches, et aussitôt après, tout reperdre.

– Comment ça, reperdre ?

– Souvent, on se rend compte de ce qu'on avait quand on ne l'a plus.

– Je n'ai jamais rien entendu d'aussi idiot, ma parole », dit Blaha.

Ils commandèrent encore une tournée, et quand Mila se pencha au-dessus de la table pour poser les verres, Wessely lui mit la main sur le bras.

« Arrête », dit René à voix basse.

Wessely retira sa main. Mila débarrassa rapidement les verres et s'éloigna.

« Mais c'était pour rire. On peut bien s'amuser un peu, non ?

– Je suis mort de rire.

– Vous voulez que je vous montre ? lança Harald Blaha. Regardez bien ! » Il tira sa paupière inférieure et fourra son index sous son œil au fond de l'orbite.

« Laisse-le tranquille, cria Wessely.

– Oui, laisse-le dedans, dit René.

– C'est toujours pareil, dit Blaha. Quand quelqu'un veut mettre de l'ambiance…

– Un œil de verre, tu parles d'une ambiance, dit René.

– J'aurais bien aimé le voir, lança un client à une autre table, un homme aux cheveux gris cendré avec de fines lunettes que, singulièrement, il ôtait chaque fois qu'il prenait une gorgée.

– Croyez-moi, ça n'a rien de beau », dit Simon derrière son comptoir. Il avait vu une fois l'œil de Blaha rouler sur la table, une image hideuse, et cette horreur avait hanté ses rêves pendant des semaines. De plus, il avait perçu l'avertissement dans la voix de René et il savait de quoi le catcheur du Heumarkt était capable quand il avait bu. Il n'y avait guère plus de quelques semaines, il avait levé un ouvrier de sa chaise et l'avait laissé choir comme un sac de patates sur le trottoir. Le gars avait prétendu que, si les socialos épaulaient les travailleurs, c'était pour mieux s'asseoir dessus après. Erreur fatale, car René croyait en un avenir rouge. Il avait la carte du parti, et dans son porte-monnaie une photographie le montrait après un combat final, bras dessus, bras dessous avec le maire social-démocrate de Vienne, Bruno Marek.

« Sans nous, tu ramperais encore douze heures par jour sur ton échafaudage, et six jours par semaine en plus, sans la moindre pension en vue, espèce de connard ! » avait-il hurlé à l'ouvrier écroulé sur le trottoir.

« Encore une tournée, Simon, lança Wessely. Mais faut dire à Mila de ne plus se pencher sur la table.

– La ferme », dit René.

À minuit Simon renvoya Mila et les derniers clients chez eux. L'un après l'autre ils se levèrent et mirent en titubant le cap sur la porte. Seul René resta à sa place, immense et immobile comme un roc dans la brume. Simon rinça les derniers verres, nettoya les salières et passa un coup de pinceau sur les cendriers. En ôtant son tablier, il lança un dernier coup d'œil à la salle, les tables, le comptoir et les étagères où de petites lampes jetaient des lueurs sur les bouteilles. Il était sur pied depuis une bonne quinzaine d'heures.

« Je vais sur mes quarante ans maintenant, dit René. Au moins dix ans de trop pour se raconter des salades, n'empêche que c'est ce que je fais. Ça mène à quoi, je te demande un peu.

– J'en sais rien, dit Simon. On fait comme on peut. Savoir si on a raison, c'est l'avenir qui le dira.

– Exactement », dit René. Il resta un instant figé, le regard fixe, puis il repoussa sa chaise, posa un billet sur la table et sortit.

Dans l'embrasure de la porte, il s'arrêta une dernière fois. Simon sentit l'air froid et vit un scintillement lacté envelopper la tête et les épaules du catcheur. René se retourna lentement, avec, sur le visage, un étonnement d'enfant ébloui.

« Simon, il neige, dit-il. Le diable m'emporte si j'ai jamais vu quelque chose d'aussi beau. »

# 7

L'HIVER s'annonçait froid. Il neigea quelques jours, puis un chaud vent d'ouest balaya la neige des toits et des rues. Des nuages noirs s'amoncelèrent et il se mit à pleuvoir. Une pluie lourde, noire et fine à laquelle des flocons se mêlèrent peu à peu et qui finit par donner de la vraie neige, un doux ruissellement ouaté qui emplissait les rues. Et la neige amena le gel. En novembre il faisait aussi froid qu'en février d'habitude, et on n'avait pas fêté le premier avent que les tuyauteries d'eau éclataient dans pas mal de caves.

Robert Simon épandait des copeaux de bois sur le trottoir et cassait les stalactites des rebords de fenêtres. Quand il avait neigé toute la nuit, il déblayait l'entrée et secouait la neige du lierre. Il isola les fenêtres avec un mastic à l'huile de lin, enduisit d'antirouille le paillasson de métal et fit goudronner par un asphalteur la fissure du seuil.

Le calme régnait au café et sur le marché. Certains jours, quand l'air était saturé de flocons tourbillonnants, le quartier semblait pétrifié dans le silence, c'est tout juste si on percevait, comme de très loin, étouffés par la neige, le bruit d'un moteur de voiture qui passait, les cris des enfants qui sortaient de classe et la voix enrouée d'un marchand.

Parfois Simon et Mila restaient à une table près de la fenêtre à regarder la rue enneigée. Dans la lueur bleue de son néon se profilait la silhouette du boucher penché sur son billot ou plongé dans une discussion avec une autre ombre, gesticulant sans bruit, un morceau de viande et un couteau à la main.

Dans ces moments-là, Simon sentait quelquefois le réel lui échapper. Son regard errait entre le café et la boucherie, il perdait le sentiment du temps et du lieu. Il ne savait plus si c'était son propre sang qu'il entendait pulser ou si la rumeur venait des tuyaux de chauffage et si les flocons qui voltigeaient dehors n'étaient pas seulement dans sa tête, une illusion des sens. Il fait si chaud, pensait-il, en plein hiver ! Comment est-ce possible ? Et tout en se disant cela ou quelque chose d'approchant, il s'entendait ronfler ou Mila se raclait la gorge à côté de lui, et il se réveillait.

# 8

« Si ça continue comme ça, à Noël je n'aurai plus qu'à fermer boutique », dit Simon un matin à la veuve de guerre. Elle avait préparé le petit déjeuner, des petits pains avec du beurre et du miel et un thé noir bien fort.

« Pourquoi ?

– Les clients ne viennent plus. Trop froid. Trop de neige. Trop dur. Qu'est-ce que je sais.

– Ils reviendront.

– Mais moi je ne pourrai pas tenir. Vavrovsky veut son loyer, qu'il neige ou que le soleil brille.

– Ça vient peut-être de l'offre, dit la veuve en resservant du thé. Qu'est-ce que vous avez ?

– Tout ce qu'il faut, dit Simon. Du café, du thé, du chocolat. De la limonade à l'orange et au citron. Du soda-framboise, de la bière, du Stammersdorfer et du Gumpoldskirchner, du rouge et du blanc. Et à manger des tartines de saindoux avec des oignons et des cornichons.

– Il y a du punch ?

– Non.

– Il vous faut du punch. Un hiver sans punch n'est pas un hiver digne de ce nom. Mais pas n'importe quel punch. Il faut que vous ayez le meilleur, sinon ce n'est pas la peine. »

Robert Simon regarda par la fenêtre, où la neige dansait dans la lumière morne du matin. Curieux, se disait-il. Tu es attablé ici avec cette vieille femme, tu sais exactement de quelle manière elle va lever sa cuiller et comment cette petite tache brune se promène sur sa tempe à chaque bouchée, la nuit tu entends les bruits qu'elle fait dans la chambre d'à côté, tout ça est aussi évident que si ça avait toujours été, mais au fond tu ne sais rien d'elle.

« Mais d'où est-ce que je vais le sortir, ce fameux punch ? dit-il. Moi, à part tartiner du saindoux...

– Eh bien je vais vous montrer, dit la veuve. Quand on sait faire, c'est simple comme bonjour. »

Après coup, nul n'aurait su dire si c'était vraiment le punch ou tout autre concours de circonstances qui avait repeuplé le café. Ça ne pouvait pas être dû au temps, il restait froid et le devenait même de plus en plus. Quoi qu'il en soit, en suivant à la lettre les consignes de la veuve, Simon concocta un punch qui, au dire du boucher, « vous faisait rudement chaud au cœur et donnait un sacré coup de fouet », et Mila traça à la craie rouge l'offre du jour sur l'ardoise de l'entrée : *À partir d'aujourd'hui punch chaud à toute heure et au menu de midi.*

En un rien de temps la nouvelle avait fait le tour du quartier. Un bon punch, ce n'était pas donné tous les jours. On n'en trouvait qu'à Noël et encore, uniquement sur les marchés de Noël du centre-ville ou à l'hôtel Impérial, où on vous le servait dans des coupes de porcelaine au prix d'un menu complet, avec de petits feuilletés presque transparents tant ils étaient fins. Mila avait eu l'idée d'ouvrir tout grand la porte à midi malgré le froid. Et le parfum du punch se diffusait dans la rue jusqu'aux étals du marché, où il allait titiller les nez gelés des commerçants et des acheteurs. Bientôt les premiers clients affluèrent et en réclamèrent un grand verre ou le plat du jour : un punch avec une tartine de saindoux à l'oignon, que les clients appelaient un *autrichien*, car Mila y saupoudrait de larges bandes de poudre de paprika. À quelques jours d'intervalle, Simon dut aller au magasin d'articles de ménage et de vaisselle de la Zirkusgasse, faire successivement l'acquisition d'une bassine de cinq litres, puis de dix, puis de vingt. Les effluves de punch coiffaient la salle d'un odorant voile chaud qui, avec la fumée de cigarettes, les odeurs d'oignon, de bière et de café moulu sur fond d'un brouhaha de conversations, produisait une douillette et brumeuse atmosphère familiale

À la mi-mars, l'hiver sembla vouloir s'adoucir, un premier coup de foehn s'abattit sur la ville et dégagea le ciel. En observant à la fenêtre de la cuisine la fine colonne bleue du thermomètre grimper dès le matin au-dessus du zéro, Simon sentit comme un fourmillement au niveau du ventre. Il voyait déjà les journées se réchauffer et les premiers rayons de soleil jouer sur la terrasse et les rebords de fenêtres. Or, trois jours plus tard, le thermomètre retombait, de lourds nuages gris se massaient de tous côtés au-dessus de la ville, et il se remettait à neiger continûment à gros flocons denses et silencieux.

Mais c'était comme si le foehn avait balayé les têtes et son souffle chassé des visages la scintillante félicité hivernale. Il venait moins de clients et ceux qui venaient buvaient moins de punch. Peu à peu se dissipèrent les vapeurs qui, des mois durant, avaient embrumé la salle.

Mila et Simon se retrouvèrent de nouveau certains jours en train de regarder la rue, attablés à la fenêtre. Simon pensait aux mois qui venaient de s'écouler. Ça ne s'était pas si mal passé, la veuve avait eu raison. Il était las, mais maintenant il fallait tenir le coup. Il était le patron et c'était son café, même si des rayons de poussière d'or chatoyants déposaient infatigablement leurs grains sur la fenêtre, tandis que, par un mystère inexplicable, les rumeurs de ville s'éloignaient inéluctablement, et il ne pouvait s'empêcher de rire un tout petit peu, parce que même les voix du marché ne parvenaient plus à le réveiller et que, même dans son rêve, elles ne jouaient plus le moindre rôle...

Il se réveilla bien après, en sentant un courant d'air chaud sur son visage. Mila avait ouvert la fenêtre. Le soleil brillait, et on entendait les moineaux pépier dans le lierre froissé.

C'était le printemps.

# 9

Ah, c'est un plaisir, n'est-ce pas ? Il fait encore meilleur qu'hier. Carrément chaud. On aurait envie de s'alléger. Mais on ne peut pas s'exhiber à moitié nue avec un corps pareil. On vieillit, quelle misère. Quand on a été belle, c'est terrible de vieillir. On tombe de haut. Quand on n'a pas eu la beauté, mais du caractère, qu'on sait cuisiner et ainsi de suite, c'est différent. Mourir est même probablement plus facile, quand on n'a jamais été belle. Chez la Pospísil, à ce qu'on m'a dit, les ombles sont à dix schillings maintenant. À ce prix-là, autant prendre un billet de train pour aller les pêcher soi-même dans l'Attersee. Pour dix schillings, avant, on vous aurait donné cinq ombles, s'il y en avait eu. Mais l'être humain est ainsi fait. Rapace. Un vautour. N'empêche que la Pospísil n'a pas la vie facile non plus. Depuis qu'ils lui ont enlevé le rein droit, elle n'est plus vraiment la même. Elle est en vrac. Ce qu'il y a de bien, c'est qu'elle ne crie plus autant qu'avant. On ne va pas s'énerver pour des broutilles, quand on vous a découpé la moitié du ventre. La cicatrice est horrible. Quand elle se baisse et que son corsage remonte, on voit tout. Comme si elle avait été recousue par un savetier. D'un autre côté, un rein en moins, ça n'excuse pas tout non plus. Mila, vous nous portez encore deux demis, s'il vous plaît ? Bien frais et sans trop de mousse. Merci. Regarde-moi ça. Incroyable, jeune comme elle est, comment peut-on se laisser grossir comme ça ? Moi je trouve que ça passe encore. Et puis elle est gentille, ça ne va pas de soi. On est à Vienne où quelqu'un de gentil c'est tout de suite suspect. On devrait avoir honte. De quoi donc ? Des pensées qu'on a. Toutes ne sont pas mauvaises. La plupart si. Détestables, dévoyées. Il n'y a donc aucun espoir ? Peut-être que si, mais on se demande si c'est vraiment souhaitable. L'espérance est la sœur de la bêtise. Là je te trouve un peu sombre par une si belle journée. L'homme là-bas regarde sans arrêt de notre côté. Je le connais, lui, il est du tramway. Enfin, il était. Pas une beauté non plus. Un homme n'a pas besoin d'être beau. Mais qu'est-ce qu'il a à regarder comme ça ? Il exagère quand même. On dirait qu'il veut vous transpercer du regard. C'est à cause de ma peau ? Je le sais, qu'elle n'est pas terrible après l'hiver. Elle n'est ni bien ni mal. C'est une peau, voilà tout. Une peau qui n'est pas belle, elle est forcément laide, il n'y a pas de moyen terme. Ah merci, Fräulein Mila. À la tienne ! Prosit ! Il regarde encore ? Aucune idée, moi je ne regarde pas. Il faudrait revenir en arrière. Dans ma jeunesse, un baiser sous un réverbère suffisait à mon bonheur. Après coup, tout est plus beau. En fait les hommes n'étaient pas meilleurs qu'aujourd'hui, et les becs de gaz sifflaient désagréablement dans le noir je me souviens que mon père disait, ne regarde pas en arrière, la vie est devant toi. Mais entre-temps il y a tellement plus de passé que d'avenir. Qu'est-ce que j'irais regarder devant moi où il n'y a plus rien ? Enfin aujourd'hui le soleil brille, c'est déjà quelque chose. Oui, c'est déjà ça. Alors, il regarde encore ? Non, il est parti maintenant.

# 10

Accoudée au comptoir, Mila regardait Simon tirer une bière. Les trois premiers mois étaient passés. Il y avait eu un peu de casse, trois verres à punch et même un jour une belle carafe de cristal pour le Stammersdorfer rouge. Simon n'avait pas pipé. Elle avait balayé les éclats de verre dans la grande pelle de métal, porté le tout à l'arrière, et on avait classé l'affaire. À la ferme, l'empreinte d'un doigt sur une pomme se soldait par une gifle et à l'usine aussi les erreurs étaient aussitôt sanctionnées : trop de chutes de tissu à la coupe, une tache d'huile de machine sur le tissu, les aiguilles cassées de la Singer. Il fallait se lever et rendre des comptes, devant toutes les autres. On récoltait un avertissement ou un blâme, et quand la responsabilité était établie, voire quand on vous l'avait fait endosser, le coût du dégât était déduit de votre paie.

Mila essuya les verres avec le chiffon coincé dans son tablier, deux demis sans trop de mousse, qu'elle apporta en terrasse. Elle repassa le chiffon sur la table, échangea quelques mots avec les deux dames, puis alla recopier les lettres sur l'ardoise.

À une table près de l'entrée, Rose Gebhartl buvait son thé-citron à petites gorgées. Mila ne pouvait pas la souffrir. Elle était toujours assise droit comme un i, en cambrant les reins et en pointant un menton vindicatif. Son manteau élimé, qu'elle n'ôtait quasiment jamais, même l'été, était devenu informe avec le temps et aussi fripé que sa propriétaire. Elle arborait des boucles d'oreilles dorées et une chaîne à laquelle pendaient d'étroites lunettes de lecture. Ses mains étaient tavelées. Les globes de ses yeux jaunes. Et elle était fardée comme une fille du Prater. Tout le monde au café savait qu'elle chassait l'homme. Ça se voyait à cette façon qu'elle avait de rectifier des doigts sa mise en plis faite maison et de balancer le pied dès qu'un quidam pouvait faire l'affaire. Parfois le manège fonctionnait, surtout tard le soir. Elle laissait alors le pauvre diable régler son addition et s'éclipsait peu après avec lui. Les hommes sont trop bêtes, se disait Mila en traçant fidèlement les lettres à la craie de couleur sur l'ardoise. Bêtes ou aveugles ou les deux. Ils ne voient pas les taches sur le col du manteau, la peau qui sèche aux tempes et ces serpentins bleus qui lui remontent des chevilles aux genoux et sûrement au-delà.

Des cris leur parvinrent du marché. « Ils en ont encore pincé un, c'est sûr, dit Rose en soufflant sur sa tasse de thé, dont les bords étaient maculés de rouge à lèvres rose. On devrait leur trancher les doigts.

– Si on se met à trancher les doigts à tous ceux qui ont volé quelque chose, on pourra bientôt plus serrer de mains à Vienne », dit Mila.

« Arrête, espèce de pourriture », glapit une voix de femme. Il y eut un bruit de tôle froissée, puis le calme revint.

« Tout va aller de mal en pis, dit Rose Gebhartl. Les gens ont trop de tout. »

De l'autre côté de la rue, deux balayeurs passèrent. Avec leur balai sur l'épaule, on aurait dit des compagnons itinérants. Tout à leur conversation, ils riaient de bon cœur, sans s'apercevoir qu'une femme en fichu bleu secouait son chiffon à poussière juste au-dessus de leurs têtes.

Derrière eux le vieux Georg apparut au coin de la rue, c'était un petit homme sec et chauve, au menton hérissé de poils de barbe d'un gris sale. Il s'assit à une table à droite de l'entrée, les mains posées sur ses genoux.

« J'avale de la poussière à longueur de journée, dit-il. Tout est plein de poussière. Les rues, les maisons, les chiens. Tout. Si ça continue, la ville va sombrer dans la poussière. » Sa mâchoire presque édentée s'affaissait entre les phrases. Et c'était comme si le reste de son visage pouvait, lui aussi, à tout instant, céder, se rétracter, s'annihiler.

« Comme d'habitude ? » demanda Mila. Georg acquiesça. Mila lui apporta son schnaps dans un grand verre, de la gnôle de la Wachau. Un abricot qui fondait sur la langue, mais laissait un arrière-goût âpre de bois trop frais. Georg fit rouler la première gorgée dans sa bouche, avant de la laisser couler dans son gosier. Depuis le petit matin il errait dans le quartier, s'arrêtait çà et là pour faire causette, allait regarder les gros titres des journaux au tabac, chercher un schnaps et un pain au lait chez l'épicier. La plupart du temps, il était parmi les premiers sur le marché, y buvait une ou deux bières, souvent aussi un Heidelberger ou une petite bouteille de rhum. Par beau temps, on le voyait allongé sur un banc du Augarten, jambes repliées, la tête enfouie au creux du bras. Le soir, il s'asseyait souvent au bord du Danube et regardait les dragues remblayer la rive de l'autre côté, à Kaisermühlen

« La poussière se mélange au schnaps. Il n'a plus aucun goût, dit-il. Parce qu'il ne pleut pas, aussi. Peux même pas me rappeler quand il a plu pour la dernière fois.

– La semaine dernière, dit Mila. Il est tombé des cordes. Les feuilles de salade flottaient devant nous dans la rue.

– Me rappelle pas, dit Georg. Ça ne va pas fort. J'ai l'impression que je pars en miettes.

– Tu en veux encore un ?

– Pas de sous.

– Tu paieras demain. Ou la semaine prochaine. Ce n'est pas pressé.

– Je ne fais pas de dettes. C'est un principe. Ma mère a trimé comme une bête. Cinq enfants et une tombe de soldat. Jamais malade, jamais de dettes non plus, pas un seul groschen. Un matin, au petit jour, elle est descendue dans la cour, elle a mis la lessive dans le baquet, le linge sale des cinq enfants, elle l'a frotté au savon et elle est tombée raide morte. C'est une voisine qui l'a trouvée. Elle a dit que, morte, elle était plus belle que vivante.

– Et où sont les autres ? » demanda Rose Gebhartl.

Elle avait chaussé ses lunettes. La laque dorée avait éclaté aux branches, la chaîne fine pendouillait le long de ses tempes, le laiton usé découvrait le fer-blanc.

« Quels autres ?

– Eh bien, les frères et sœurs. »

Georg la regarda comme s'il venait de s'apercevoir de sa présencc. « Fait longtemps que je les ai pas vus, dit-il. Sont sûrement à leur place. Espérons qu'ils y sont. »

Il but une dernière gorgée, tira quelques pièces de la poche de son pantalon et les posa sur la table.

« J'y vais maintenant. J'ai encore à faire. »

Sans un mot de plus, il se leva et traversa la rue. Ses poignets pendouillaient des manches de son manteau. Le manteau était sale, il avait une grande reprise à un coude, cousue à gros points.

« Maintenant il va picoler ailleurs, dit Rose.

– Il a dit qu'il n'avait plus d'argent, objecta Mila.

– Il ment. Tous les ivrognes mentent.

– Je ne crois pas qu'il mente. Je le vois à ses yeux. Et quand bien même, ça me serait égal. Il a le droit d'aller picoler ailleurs. Les gens sont libres.

– Personne n'est jamais libre, dit Rose. Et c'est un ivrogne. Ça se voit bien. »

Mila haussa les épaules. Elle prit les pièces et le verre de schnaps sur la table, qu'elle essuya une nouvelle fois sans un regard pour la Gebhartl. C'est un ivrogne, se disait-elle. Il est vieux et sale et peut-être qu'il ment. Mais il a sa fierté. Et tout le monde ne peut pas en dire autant.

# 11

PENDANT SA PÉRIODE aux brasseries du Prater, Robert Simon avait tâté de l'alcool, mais il n'en aimait pas le goût et ne voyait pas ce qu'apportait cette griserie qui menait de l'exubérance puérile à des vagues de colère ou d'autocompassion et débouchait presque toujours sur une pesanteur résignée parfaitement paralysante. Sans parler de l'inévitable gueule de bois du lendemain, qui vous anéantissait littéralement. Chaque fois que, en dépit du bon sens, il s'était tout de même saoulé, il avait été cloué au lit, le matin suivant, par des douleurs lancinantes dont les assauts répétés lui déchiraient impitoyablement la boîte crânienne. Le seul bénéfice qu'on en tirait était cette impression fugitive que les discours oiseux de vos compagnons de beuverie, et surtout les vôtres, émergeaient des abîmes de l'hébétude pour gagner les vastes sphères lumineuses de la clairvoyance. Ce qui, bien évidemment, était une illusion. À de rares exceptions près, les types bourrés racontaient exclusivement des âneries.

Ça lui portait sur les nerfs. Un jour, un pasteur évangélique avait débarqué au café, un type bouffi aux petites mains d'enfant et aux traits mous. Il avait traversé la salle au pas de course, ôté son surplis d'un même élan, annexé un tabouret de bar et éclusé six bières à la file. Après quoi il avait commencé à parler. Il se sentait seul. Seul au monde, seul dans sa peau et surtout seul au milieu d'une tripotée de catholiques. Car l'homme n'était pas un mollusque. Ni une baleine errant dans les mers glacées. L'homme avait besoin de l'homme. Peut-être trouverait-on réellement un jour la félicité en Dieu, mais en attendant on était pas mal seul ici-bas, nom d'un chien. Le marbre des églises était plus dur que le trottoir des filles des rues. Il était plus froid que le cœur d'Asmodée ou celui d'un équarisseur, le lit du prêtre. Ceux qui usaient bravement leurs fonds de culotte sur les bancs de l'église pensaient sûrement qu'une vie consacrée au Seigneur était pur plaisir. Une suite de magnificences dominicales, de fêtes sur fond de cantiques et de cierges étincelants. Eh bien ils se trompaient lourdement. La vérité, c'est que le prêtre était le mineur de Dieu, sauf que ce n'était pas le charbon qu'il libérait, lavait, purifiait de ses scories, mais les âmes, et ce, par le seul pouvoir du verbe et de l'amour.

« Ne voyez-vous pas combien je vous aime ? hurlait le pasteur dans le café, où Simon était seul avec un gamin d'environ quatorze ans, venu acheter une bouteille de bière pour son père.

– Oui, on le voit. Pas la peine de hurler comme ça », avait répondu Simon, en saisissant l'évangéliste au collet et en lui indiquant la sortie sans ambiguïté.

Depuis lors, beaucoup de temps s'était écoulé, mais, en se promenant dans le Augarten par un dimanche matin ensoleillé, il repensait encore avec une sorte d'aversion à l'homme en chemise blanche à ruches. C'était toujours la même chose, dès qu'ils avaient un verre dans le nez, ils se transformaient en parfaits crétins. Des phrases et des vociférations. Des discussions politiques qui invariablement dégénéraient en querelles, sinon en bagarres dehors, sous le réverbère. On clamait son opinion que nul ne vous avait demandée et on se bourrait la figure de coups de poing, pour mieux se livrer le lendemain à de touchantes effusions.

Mais peut-être était-il seulement fatigué de toutes ces longues soirées. De ces jours où, pour d'obscures raisons, les clients se faisaient rares, et de ces nuits agitées où les soucis le poursuivaient jusque dans ses rêves tels d'opiniâtres diablotins.

Devant le palais du Augarten il s'arrêta. Dans un accès de résignation furieuse, il donna un coup de pied dans le gravier et regarda le vent d'été disperser la poussière sur les massifs de fleurs. Une des sœurs de la Miséricorde, une naine sans âge dont les cheveux blancs bouffaient hors de la coiffe, semblables à une touffe de coton, lui avait confié un jour que, sous ces massifs, il y avait une fosse commune. La dernière demeure de centaines de victimes de la guerre. Elle disait que chacune de ces fleurs incarnait l'âme de quelqu'un, tant qu'elle fleurissait, on ne l'oubliait pas.

D'une des fenêtres du deuxième étage retentit un bref accord de piano. L'instant d'après s'élevait une voix d'enfant qui se mit à chanter des gammes les unes après les autres, montantes puis descendantes, reprenant chaque fois à une hauteur de plus en plus précaire, presque inaudible. Puis elle recommençait du début.

Simon n'entendait rien à la musique. Les chants des religieuses, les fanfares du Prater et les concerts de rock à la fête d'été des communistes l'avaient toujours plongé dans un état de perplexité dérangeante. Il arrivait que la veuve écoute le matin à la radio une émission musicale pour instruments à vent. Dès que résonnait le tintamarre des cuivres, il allait se terrer dans sa chambre ou prenait le chemin du café, pour astiquer les lames du plancher dans le silence de la salle.

Au-dessus de sa tête, un son isolé dérapa et mourut dans un couinement. Un claquement sourd suivit, comme si quelqu'un frappait du plat de la main sur une caisse de bois, une voix de basse masculine dit quelque chose d'inintelligible, puis il y eut des pas sur un parquet qui craquait et, tout de suite après, la fenêtre se ferma.

Simon resta là quelques secondes en dressant l'oreille, mais il n'entendit plus rien. Il s'éloigna du palais, traversa la pelouse et alla promener sa morosité parmi les flâneurs du dimanche qui déambulaient dans les jardins. Des familles et des couples avaient étendu des nappes colorées sur l'herbe et attaquaient leur pique-nique : escalopes et cuisses de poulet froides avec de la bière ou simplement des tartines avec un soda. Alignés bien droits en rang d'oignons tels de grands oiseaux gris, les retraités colonisaient les bancs. Ils présentaient leur visage au soleil ou distribuaient les bouts de pain de leurs poches aux moineaux et aux pigeons. Des gamins des rues jouaient au foot à l'ombre de la tour antiaérienne. Chaque fois que le ballon rebondissait contre les murs épais de plusieurs mètres de la tour, ils marquaient un point, s'étreignaient, puis se roulaient dans l'herbe en jubilant, hors d'haleine. Dans ce tohu-bohu joyeux, cette ivresse estivale tumultueuse, Simon se faisait l'effet d'un messager des ténèbres errant dans un brouillard tout personnel de dégoût et de vapeurs de salle de café. Il suivit une vaste allée bordée de massifs éclatants et tourna dans un chemin qui menait à la sortie de la Wasnergasse. Il traversait en jurant une haie basse d'épineux pour raccourcir, quand il entendit son nom qu'on criait à quelque distance de là.

« Eh, Simon ! »

Sous un vieux tilleul, le boucher Johannes Berg était installé sur une couverture avec un pique-nique, sa femme, trois petites filles et un vieillard qui transpirait dans un costume de flanelle et regardait, bouche bée, le ciel au-dessus de la cime de l'arbre.

« Viens t'asseoir avec nous. Il y a du rôti de porc et des pommes de terre rôties.

– Merci, dit Simon. Fait trop chaud.

– Allons ! dit le boucher. Je te présente nos filles, par ordre de grandeur : Gabriele, Claudia et Karin. Tu connais ma femme. Et voici mon père.

– Oui, oui », dit le père. À la commissure de ses lèvres, de minuscules bulles de salive brillaient au soleil. « Oui, oui, oui, oui.

– Mais bien sûr, dit la femme. Asseyez-vous. Les filles, poussez-vous pour faire de la place à notre invité.

– Sûrement pas, dit Gabriele en regardant Simon, horrifiée. Il ne va rien nous rester

– Oui, rien du tout, renchérit Claudia d'une voix aiguë.

– Bouclez-la, dit le boucher. Il y a cinq kilos de poitrine de porc dans le panier.

– Je ne peux vraiment pas, dit Simon. J'ai déjà déjeuné, et puis toute cette foule et ce soleil m'ont donné un peu mal au cœur.

– Une invitation, ça ne se refuse pas, dit la femme.

– C'est qui ? demanda Karin.

– Un ami de papa, dit Gabriele. Il va tout manger.

– Pourquoi il n'a pas apporté son pique-nique ? demanda Karin.

– Bouclez-la, redit le boucher. C'est dimanche.

– Quel rapport ? demanda sa femme. Et puis on ne parle pas comme ça à ses filles. Encore moins devant des étrangers.

– Je crois qu'il faut que j'y aille, dit Simon. Je dois aller ouvrir le café.

– Il n'en est pas question, dit la femme.

– Absolument, dit le boucher.

– Oui, oui, oui, oui, dit le père.

– Qu'est-ce que c'est énervant », cria Claudia.

Elle sauta sur ses pieds et alla se réfugier contre le tronc du tilleul, où elle appuya son front.

« Tu reviens immédiatement, cria le boucher.

– Arrête de crier sur la petite, dit la femme. C'est déjà assez compliqué.

– Qu'est-ce qui est compliqué ? demanda le boucher.

– Tout, dit la femme. Et ça ne fait que commencer.

– Je voudrais jouer au ballon, dit Karin.

– Quelqu'un sait où est la moutarde ? demanda Gabriele en fouillant le panier du pique-nique. Si on a oublié la moutarde, je vais me coucher dans l'herbe et je meurs.

– Maintenant je suis vraiment obligé d'y aller, dit Simon.

– Vous ne savez pas ce que vous manquez, dit la femme.

– Oui, oui, dit le père. Oui, oui, oui, oui.

– Bon, eh bien, dit le boucher en se levant péniblement de la couverture, je te raccompagne un bout de chemin. »

Ils gagnèrent ensemble la sortie dans le clair-obscur vert des tilleuls et s'arrêtèrent pour prendre congé.

« Voilà mes dimanches », dit le boucher. Il soupira en fixant des yeux le sol où, à force de le fouler, les visiteurs du parc avaient transformé le gravier en une surface blanche, lisse et brillante. Simon se sentait gêné. Il connaissait Johannes Berg depuis des années et, bien qu'ils ne l'aient jamais exprimé ni peut-être même pensé, aux yeux de tous les gens qui les connaissaient, ils passaient pour des amis. Pour la première fois, Simon en prenait conscience, là, maintenant. Un moment ils restèrent en silence l'un en face de l'autre, puis une sorte de sursaut parcourut le corps du boucher, il leva les yeux du gravier et darda sur Simon des yeux légèrement rougis.

« Elle attend un enfant, dit-il. Encore un.

– Oh, dit Simon.

– Ça ne se voit pas encore. Mais elle est déjà au cinquième mois.

– Cinq mois, tout de même !

– D'abord je ne le voulais pas. Je pensais que ça faisait trop. Mais elle disait que ce serait tout de même dommage.

– Une toute petite chose.

– C'est déjà un petit être humain. Et il a déjà bougé.

– C'est sûrement du bonheur, dit Simon.

– Oui, dit le boucher. Quatre enfants. Qui l'aurait cru. Ça fait du travail, de nourrir tout ça.

– Vraiment, un grand bonheur. Je te félicite », dit Simon, mais quand il ouvrit son café, un moment plus tard, et sortit de la vive clarté du soleil, pour pénétrer dans la pénombre silencieuse juste troublée par le ronronnement du réfrigérateur et les légers craquements du plancher, il ne fut plus très sûr d'avoir été bien sincère avec le boucher en proférant cette phrase. Il fit le tour de la salle, passa un coup de chiffon sur le buffet, remit les chaises et les tables à leur place et ouvrit la fenêtre. Puis il prit une chaise, s'assit dans l'embrasure de la porte et regarda dehors. Quelques pigeons trottinaient sur le pavé en cherchant à rattraper leur ombre et disparurent au coin de la ruelle. Bientôt se présenterait le premier client. Peut-être l'homme aux lunettes cassées. Il en avait consolidé les branches avec du scotch, et dès qu'il s'asseyait, les posait avec un luxe de précautions à deux mains devant lui sur la table, comme si elles étaient en sucre. Ou Wessely et Blaha à l'œil de verre. Ou les deux dames. Mais probablement ce serait le vieux Georg. Le dimanche il commençait à boire tard, vers midi il était encore bougon et il avait la tremblote. Simon ne put s'empêcher de sourire, en pensant à tous ces êtres paumés qui se retrouvaient chaque jour dans son café. Il se rencogna une dernière fois dans son siège en étendant les jambes. Puis il se leva et commença à disposer les tables et les chaises sur la terrasse.

## 12

Attablée en bordure de terrasse, la crémière Heide Bartholome déversait un flot de paroles en gesticulant sur le peintre Micha Troganiev, assis en face d'elle

« C'est terminé, disait-elle. Fini, bien fini. Une fois pour toutes. Parce que, tu vois, tu m'es complètement indifférent. Hier encore j'aurais pu t'étrangler si tu t'étais mis à traîner avec un épouvantail peinturluré comme la Sedlac. Mais maintenant ça ne me fait plus ni chaud ni froid. Ce genre de choses ne m'atteint plus.

– Elle a un faible pour moi, c'est la nature, qu'est-ce que tu veux que j'y fasse. Je n'y suis pour rien.

– On galvaude ses sentiments, c'est lamentable. Les gens ne respectent plus rien.

– Et où est-ce que je suis censé avoir traîné exactement, à propos ?

– Je n'en sais rien et je ne veux pas le savoir. Pas besoin d'explorer les abîmes pour savoir qu'ils sont sans fond.

– Je l'ai aidée pour ses tonneaux de cornichons, c'est tout. Et après on a bu un verre ensemble. Debout, parce qu'on avait soif. On a le droit quand même, on est encore libres, non ? En plus, elle est gravement malade.

– Un cancer du sein, ce n'est pas la fin du monde.

– Ils lui ont déjà enlevé le sein droit. Et les tonneaux de cornichons sont drôlement lourds. On ne serait pas un homme, si on ne donnait pas un coup de main.

– Si tu étais un homme, tu saurais où est ta place. Moi au moins je suis encore entière.

– La marque des ans n'épargne personne », dit Micha en haussant les épaules.

Il y eut un moment de silence. Les clients des tables voisines avaient interrompu leurs conversations eux aussi et contemplaient leur verre en rentrant la tête dans les épaules.

« Qu'est-ce que tu veux dire ? demanda Heide, tremblant de colère.

– Rien. Je parlais en général.

– On devrait t'éclater la tête, espèce de vaurien. Tu as de la chance que je sois une dame ! »

Elle s'empara des deux verres à demi pleins, qu'elle vida cul sec, et se précipita dans la rue, d'où elle se retourna une dernière fois en criant : « Espèce de chien ! Monstre ! » Puis elle traversa la Leopoldstrasse sans prêter attention aux voitures et disparut entre les étals du marché.

Micha souriait d'un air gêné. Aux tables voisines, les conversations reprirent peu à peu et Mila, qui avait suivi la fin de la querelle depuis le comptoir, sortit sur la terrasse.

« Tu en prends une autre ? demanda-t-elle en débarrassant les deux verres.

– L'être humain est seul, dit-il. Qu'est-ce qu'elle me veut ? J'irais courir lui demander pardon, si je savais de quoi. Qui plus est, elle ne connaît pas son bonheur. Un homme comme moi, ça ne court pas les rues. Elle peut s'imaginer ce qu'elle veut, je n'en ai rien à foutre.

– Tu en prends une autre ou pas ? »

Il acquiesça et Mila rentra lui préparer une bière. Par la fenêtre ouverte, elle le vit se pencher lentement sur la table et poser son front entre ses mains.

Le vrai nom de Micha était Viatcheslav Mihailovitch Troganiev. Il était né en Russie et, à la mort de ses parents, avait été recueilli par une grand-tante de la noblesse pauvre de la petite ville de Morozovsk. À quatre ans déjà, il montrait un talent pour la peinture et un certain goût des femmes d'âge moyen en crapahutant le dimanche à l'heure du thé sous la table et les jupes des dames, pour fixer à la craie de couleur sur le plancher les vues qui s'offraient à lui.

À vingt ans, après une carrière scolaire et universitaire ponctuée de bagarres et de saouleries, il quittait sa grand-tante et entamait tout un périple le long de la mer noire, traversait la Turquie, la Bulgarie, la Roumanie et la Hongrie, avant d'atteindre l'Autriche pour étudier la peinture à Vienne. Il réussit l'examen d'entrée à l'Académie, mais en fut exclu dès la première année pour atteinte aux bonnes mœurs, ayant été surpris en train de se rouler nu dans l'atelier de sculpture avec l'épouse du directeur, au pied d'un groupe de plâtres antiques.

Micha n'en fut guère affecté. Il resta à Vienne, emménagea dans un logement en sous-sol sans chauffage du Taborspitz et continua à peindre. Tous les jours vers midi, il arrivait au marché, cherchait entre les étals une place où dresser son chevalet et cessait de travailler peu avant la clôture. Il peignait le marché sous tous les aspects possibles : animé ou désert. Rouge comme la viande fraîche. Argenté comme les poissons. Calme et gris sous la pluie. Quand une toile ne lui plaisait pas, il la laissait sans façon tomber dans le caniveau, où les services de la propreté la ramasseraient avec les papiers gras, les têtes de poulets et les feuilles de salade pourries, avant d'enfourner le tout dans les gueules béantes des bennes d'ordures. Quand il était satisfait de sa peinture, il l'apportait à la crèmerie de Heide et l'entreposait dans une petite remise à l'arrière de la boutique, entre un congélateur cassé, une pile de tôles rouillées et quelques sacs de sel à épandre qui avaient pris l'humidité.

Micha avait fait la connaissance de Heide, de près de quinze ans son aînée, au moment où elle avait repris la boutique seule après l'attaque de son mari. Au bout de trois jours de deuil, elle avait rouvert la crèmerie, y avait ajouté la vente de noix et de fruits séchés, et cloué bien en vue à la poutre du toit une pancarte avec l'inscription « Lait, Beurre & Fromage – Heide ». À l'époque déjà, la grâce de sa jeunesse avait pâti de ses kilos superflus et de ses cheveux grisonnants. Micha s'en fichait. La beauté des femmes, affirmait-il, résidait moins dans ce qu'on voyait que dans l'aura qu'elles dégageaient depuis leur naissance et que seuls les très jeunes enfants et les très grands artistes étaient à même de déceler.

Lors d'un vendredi matin ensoleillé, il l'aborda. Elle était assise sous son auvent vert olive et, tout en touillant avec une cuiller en bois son pot de crème fouettée maison, essuyait les petites éclaboussures blanches sur sa figure.

« Celle-là, j'en ai entendu parler, on dit que c'est la meilleure crème fouettée de tout Vienne, dit-il en désignant la jatte qu'elle tenait entre ses jambes.

– Oui, c'est la vérité, dit Heide.

– J'aimerais bien savoir comment on s'y prend pour y arriver.

– Quand on sait faire, ce n'est pas sorcier.

– Et vous, vous savez drôlement bien faire, non ? »

Heide Bartholome laissa sa cuiller plongée dans la crème, croisa les bras sur sa poitrine et le toisa.

« En quoi ça te regarde ? Qu'est-ce que tu veux ?

– Je voudrais goûter, dit-il avec son soupçon d'accent russe. Et si c'est bon, j'en redemanderai.

– Ça pourrait peut-être se faire », dit Heide Bartholome. Sur quoi elle reprit la cuiller en main et continua, sans lâcher des yeux le visage de Micha, à remuer sa crème à un rythme d'une douceur et d'une souplesse infinies.

« Il faut que tu ailles t'excuser, dit Mila en posant la bière fraîche à côté de la tête de Micha toujours enfouie dans ses mains.

– De quoi donc ? Comme si j'avais fait quelque chose.

– Et comment ! Tout le monde sait que tu cours le jupon, pas besoin d'aller chercher la Sedlac. Et Heide le sait mieux que personne. N'empêche qu'elle t'entretient, te laisse habiter chez elle, et manger et tout le reste. Et en plus, tu peux entreposer toutes tes peintures dans sa remise, sans débourser un groschen.

– Mais tout ça, c'est pour l'art, se récria Micha en se redressant d'un coup. D'ailleurs, reste à savoir qui devrait payer qui, en fait. »

Mila mit ses poings sur ses hanches et fit un pas vers la table.

« Tu vas trouver Heide, maintenant, et tu t'excuses. Peu importe de quoi, c'est compris ? »

Mila se tut. Il resta assis un moment, raide comme la justice, les mains posées l'une sur l'autre à plat sur la table, les empreintes blanches de ses doigts sur le front. À plusieurs reprises, il fit une grimace de dépit et expira un petit coup comme s'il avait du mal à respirer. « Je peux quand même finir ma bière, non ?

– Non », dit Mila, elle ôta d'un ample geste le verre de la table, tourna les talons et rentra dans la salle.

# 13

Étalé sur le ventre, René Wurm tentait d'échapper en rampant à la grêle de coups qui pleuvaient continûment sur sa nuque. Bernie « Bonecrasher » Preston triomphait, à califourchon sur son dos. Bernie avait une tête de moins que lui, pesait cent cinquante kilos et donnait, avant chaque combat, une séance d'endurance publique où on le voyait cogner avec les poings et les genoux dans un sac plein de billes de verre. Il avait le drapeau des États-Unis d'Amérique tatoué en travers de la poitrine et, dès qu'il montait sur le ring, retentissait l'hymne national américain, au son duquel il remuait les lèvres en mesure, les yeux pleins de larmes.

Le Heumarkt affichait complet, plus une place, les gens hurlaient, quelques-uns étaient montés sur les chaises et agitaient leur chapeau ou lançaient des boulettes de papier qui rebondissaient sur le dos trempé de sueur de Bernie. Tous étaient contre le Bonescrasher, mais ça n'avait pas l'air de le troubler. Il s'obstinait à relever la tête en souriant au public. D'un sourire aimable, détendu, comme pour inviter les gens à lui crier encore plus leur fureur à la figure. L'homme avait neutralisé le favori du public, Georg Blemenschütz, par une prise de sommeil, dans le dos de l'arbitre, en plus, et voilà qu'il était en passe de vaincre un autre héros de la palette déjà réduite des champions locaux.

René regarda la pendule sur la table de son entraîneur. Encore soixante secondes. Il lui fallait atteindre les cordes. Il se hisserait en s'agrippant, se cambrerait et enverrait valser son adversaire, pour, à la toute dernière seconde, le terrasser d'un ciseau de jambes et remporter le combat.

Soudain il ne sentit plus de coups. Bernie s'était dressé et levait en riant les bras en l'air. Le public était hors de lui. Les gens juraient, hurlaient. Quelques têtes brûlées s'apprêtaient à prendre le ring d'assaut, les vigiles avaient toutes les peines du monde à les contenir. Beaucoup criaient le nom de René. *Lève-toi ! Assomme-le !* Quelques provocateurs encourageaient l'Américain. Un autre groupe essayait de couvrir leurs cris. L'animateur du Heumarkt braillait dans tous les haut-parleurs. Bernie souriait.

Il n'était pas Américain. Il s'appelait František Fraštenký et ses parents venaient de Bohême, jusqu'au début de la guerre ils travaillaient dans une tuilerie au sud de Vienne, son père maniait la pelle, sa mère mélangeait le mortier. Le jour où les Allemands envahirent la Pologne, František avait un an, et quand la guerre fut terminée, il pouvait déjà empoigner sa mère à deux bras et la hisser sur l'évier de la cuisine de leur baraque. Peu après il entrait dans un club de lutte et bientôt on le disait invincible. Il était fort, il n'avait pas peur et il était teigneux. À vingt-six ans, il laissa tomber le club et passa au Heumarkt. Il se fit tatouer le drapeau sur la poitrine, se baptisa Bernie Preston et apprit des rudiments d'anglais qu'il hurlait au public avec un accent bizarrement mâchonné : *I'll crash your booones !*

René résistait. Il était fatigué. Il avait dix ans de plus que Bernie. Il était trop grand, trop lourd, et lui ne venait pas de la lutte. Il n'avait même jamais vraiment boxé. Son manque de technique, il devait le compenser par sa force et par sa taille. Mais, ces derniers temps, il avait les articulations à vif. Quand il retombait mal après un saut de la mort, une pointe aiguë lui perçait les lombaires et, la semaine précédente, il avait complètement loupé le round final à cause d'une épaule démise.

Encore trente secondes. René se jeta en avant et attrapa les cordes. En se hissant, il sentit Bernie le prendre par-derrière et lui presser la tête contre son épaule. Ses poils de barbe lui raclaient le cou et son souffle lui chauffait l'oreille. « À toi, maintenant, chuchota Bernie Preston avec l'accent de Bohême. Après, trop tard. »

René leva la tête et fixa le public. Il s'arracha brutalement du sol et sauta en l'air. Comme convenu, Bernie chuta en arrière, atterrit sur le dos avec un claquement flasque et se releva, sonné. Encore vingt secondes. Dans le public, c'était le délire. Ils s'étaient tous levés en braillant. René se retourna et vit son adversaire se remettre sur ses jambes. Un chapeau vola dans le ciel, projeta une ombre glissante sur le sol du ring et atterrit de l'autre côté, où il disparut entre les rangées de sièges. Idiot, pensa René. Faut en finir. Les genoux en coton, il fonça en titubant sur Bonecrasher. Dix secondes. Il s'arrêta. Tout dépendait de l'élan. Deux pas, plier les genoux, décoller. Bernie Preston leva la tête et le regarda. Vas-y, semblait-il dire. C'est maintenant, après ce sera trop tard. René connaissait ce regard. Ces yeux. Couleur noisette. Et une fraction de seconde il eut l'impression que ce n'était pas Bernie qu'il avait en face de lui et qui le regardait. Mila, se dit-il. Mila. L'instant d'après, Bernie Preston avançait sur lui. René tenta de sauter sans s'élancer, mais une clé l'envoya au tapis, le souffle coupé.

Trois jours après le combat, René était devant le café où Simon nettoyait la terrasse des chiures d'oiseaux avec un balai-brosse et un seau rempli de liquide bleu.

« Il faut que je te parle.

– On n'a pas encore ouvert.

– Mila est là ?

– Non. Je viens de te le dire, on n'a pas encore ouvert. »

René peinait à trouver les mots. Il tourna autour du pot un moment, puis entreprit une seconde tentative.

« Il faut que je te parle. »

Il avait l'air d'avoir couru. C'était la première fois que Simon le voyait transpirer en dehors du ring. Il s'était passé de la brillantine dans les cheveux, elle se mélangeait à la sueur et dégoulinait en fines rigoles sur ses tempes. Malgré la chaleur il s'était serré dans une chemise jaune paille, marquée entre-temps de taches sombres aux aisselles. En bas il portait un bermuda en jean effrangé. Ses jambes ressemblaient à des troncs dépouillés de leur écorce. Aux pieds il avait des sandales qui découvraient des orteils aux ongles noircis par les coups.

« Bon, dit Simon en calant son balai contre le mur. Qu'est-ce qu'il y a ? »

René s'essuya le visage avec ses mains, fit quelques pas vers Simon, bifurqua avant d'arriver à lui et se laissa tomber lourdement sur une chaise.

« Il s'agit de Mila », dit-il.

Simon attendit. Une minute entière s'écoula, mais René restait muet.

« C'est bon maintenant, dit Simon. Si tu as quelque chose à dire, il faut au moins que tu parles. Sinon on ne va pas s'en sortir. Alors qu'est-ce qu'il y a avec Mila ?

– Qu'est-ce que j'en sais, s'écria René en levant les bras au ciel. J'aimerais bien savoir ce qu'il y a avec elle justement. Mais je n'en sais rien. Et c'est pour ça que je n'arrête pas de penser à elle. Regarde un peu ! » Il tendit le torse vers Simon et désigna un endroit sur sa poitrine. « Je me suis bousillé les côtes. Je crois même que celle du haut est cassée. » Il prit une profonde inspiration et poussa un gémissement. « Ça fait un mal de chien.

– Et qu'est-ce que ça a à voir avec Mila ?

– En fait rien et pourtant si, justement. Je ne veux pas dire que c'est sa faute ou quelque chose comme ça. Elle n'y était même pas. C'était le Bernie, et on ne peut pas lui en vouloir. Il était convenu que je le batte à la dernière seconde, ciseau de jambes, *tap out* et on n'en parle plus. Tout marche comme prévu, ça se termine, il ne reste plus que quelques secondes, les gens crient, ce serait le moment, et je ne le fais pas. Je ne peux pas. Il fonce sur moi comme une bête, et vlan, je me retrouve sur le ventre.

– Et pourquoi tu ne l'as pas frappé ?

– Justement, je n'ai pas pu. Parce que, tout à coup, ce n'est pas lui que j'ai vu, c'est Mila.

– Donc elle y était bien.

– Non. Ou si. C'est à cause de ses yeux. Ils sont exactement comme ceux de Bernie. Bon, pas tout à fait pareils, mais presque. Des noisettes. Et quand je me retrouve en face de lui, tout à coup je vois Mila.

– Des noisettes ?

– Ça fait longtemps que ça m'a frappé. À vrai dire, le jour où elle a commencé ici. Ça m'a toujours fait bizarre, quand elle me regardait. Je l'ai senti tout de suite, tu ne vas pas me croire. Et après je rentre à la maison et je pense à elle. Je vais au lit et je pense à elle. Je me retrouve devant dix mille personnes sur le ring et je pense à elle. Mais ça va me mener où, ça, Simon ? » Il gémit derechef, s'essuya le visage avec ses mains et poursuivit : « En tout cas ça ne peut pas continuer comme ça. La prochaine fois, ce ne sera pas le Bernie, mais Knievskov ou un des Russes, et là, je ne m'en sortirai pas avec des côtes amochées. Et c'est pour ça que je me suis demandé… donc je me suis demandé si ça se pourrait qu'elle m'aime bien aussi.

– Qui ça ?

– Mila bien sûr. De qui est-ce que je suis en train de parler ? Si elle m'aime bien aussi, ça réglera pas mal de choses. Et sinon, au moins je saurai où j'en suis. Je me demande juste comment je peux arriver à le savoir.

– Savoir quoi ?

– Si elle m'aime bien ! Je ne suis peut-être pas une flèche, et c'est à peine si j'ai deux paires de godasses dans ma penderie. Mais j'ai des muscles et je sais encaisser, et je suis un gars bien, non ? C'est ce que je suis quand même, Simon, un gars bien, je pense.

– On n'est jamais complètement sûr, mais je dirais que oui.

– Oui, c'est ce que je suis. Et je veux le lui montrer. Mais pour ça il faut que j'arrive à savoir si elle m'aime bien. Tu tiens un café, toi, tu dois savoir comment ça marche, ces choses-là.

– Mais quelles choses ?

– Avec les femmes ! cria René. Les choses avec les femmes, nom de Dieu !

– Oh, dit Simon un peu interloqué. Je ne crois pas qu'on puisse savoir comment ça marche, ces choses-là, personne, mais si tu veux absolument avoir mon avis : tu pourrais peut-être l'inviter à faire une promenade. En marchant on arrive bien à parler. Et s'il ne vous vient rien à l'esprit, il n'y aura pas de mal. Dans les prés du Prater, ça sent bon la terre, et sous les marronniers la lumière est toute verte, surtout quand il a plu.

– Mais qu'est-ce que je vais lui dire ?

– Dis-lui simplement ce que tu as envie de lui dire, suggéra Simon. Et si tu ne sais plus quoi dire, laisse-la parler. Bon, maintenant, il faut que je m'y remette. Le café ne va pas ouvrir tout seul ! »

René resta une heure entière à côté de la porte à regarder d'un œil vague Simon s'affairer, tandis que défilaient dans son esprit des scènes plus éprouvantes les unes que les autres dont il sortait couvert de honte, anéanti. Ses côtes lui faisaient mal, ses entrailles protestaient, il sentait qu'il allait se liquéfier à force de transpirer, s'évaporer dans la chaleur du midi. C'était à se demander s'il n'était pas en train de perdre la tête et s'il ne ferait pas mieux de prendre ses jambes à son cou, traverser le Reichsbrücke et continuer sans s'arrêter, en enfilant les kilomètres en direction de l'est, pour s'enfoncer dans les prés du Danube et aller s'étendre à l'ombre fraîche et silencieuse des arbres, où il resterait couché à jamais.

Mila tourna au coin de la rue ponctuellement à une heure. Elle portait un corsage blanc et une jupe courte, jaune, ses cheveux étaient relevés en chignon souple et son visage resplendissait au soleil. René la trouva d'une beauté presque irréelle, et avant même de se lever de sa chaise et de se planter devant elle, un peu chancelant, il eut la certitude absolue de son échec imminent.

« Je voulais, en fait », commença-t-il, puis il dut se dire que c'était mal parti. Il transféra précipitamment le poids de son corps d'une jambe à l'autre comme si l'asphalte lui brûlait la plante des pieds. Puis il croisa les bras sur sa poitrine et fixa Mila d'un regard incertain.

« Je ne suis peut-être pas un génie, fit-il, mais je suis un type bien. Tout le monde le dit.

– Tout le monde, tu es sûr ? dit Mila.

– Oui, ceux qui me connaissent au moins. Et ils ont sûrement de bonnes raisons. Je n'ai jamais roulé personne de ma vie, en outre j'ai de la santé, et je peux assommer du gauche deux hommes normalement bâtis. Ce que je veux dire, c'est que je crois qu'on peut tomber plus mal.

– Il fait vraiment chaud aujourd'hui, dit Mila en clignant des yeux vers le ciel. Une belle journée d'été.

– Oui, dit René. Une chaleur d'enfer. Dire que ça fait déjà une heure que je suis assis là. Et pourquoi ? Parce que j'attendais.

– Qui donc ?

– Toi, dit René. Parce que, à vrai dire, je voulais te demander si tu voulais venir te promener avec moi. Au Prater. À cause des prés et de la lumière et ainsi de suite. Alors… tu veux bien, oui ou non ? »

Elle parut réfléchir quelques secondes, puis elle fit un pas vers lui, tendit le bras et lui toucha l'épaule. « Oui, dit-elle, je crois que j'aimerais bien, René. » Et il eut beau repenser souvent à cet instant, plus tard dans sa vie, il n'aurait pu dire ce qui, sur le moment, l'avait bouleversé le plus : la petite main chaude de Mila sur son épaule ou le fait incroyable qu'elle ne lui ait pas ri au nez.

## 14

À L'AUTOMNE 1969, juste trois ans après l'ouverture, Robert Simon se reposa tout de même la question du jour de congé. Le café avait bonne réputation, la bière y était fraîche, et les gens venaient de plus loin que la Taborstrasse casser la croûte à midi. Il y avait des périodes difficiles, surtout à l'automne et vers la fin de l'hiver, mais les rentrées des jours fastes permettaient à Simon de passer les périodes creuses, et il avait même économisé un peu d'argent, qui était collé dans une enveloppe en plastique au dos de son réfrigérateur. Le travail lui plaisait toujours, mais depuis quelque temps il traînait une fatigue tenace, et il aurait bien aimé parfois avoir quelques heures à lui, qui ne soient pas consacrées aux listes de courses, au tuyau poreux de la tireuse à bière ou aux humeurs et aux emportements de ses clients. Ce devait être rudement bien de passer de temps à autre toute une journée au bord du Danube à regarder les péniches, se disait-il.

Il aborda la question avec la veuve à la table de la cuisine. « Du point de vue purement économique, un jour de fermeture par semaine, ce serait jouable, dit-il. Et puis il faut bien se reposer un peu de temps en temps.

J'ai les chevilles en miettes, c'est comme si j'avais des bris de verre dans les articulations.

– Oui, dit la veuve, il faut un jour de repos. D'ailleurs c'est prescrit en haut lieu.

– Le dimanche est hors de question. Les affaires marchent trop bien. Le vendredi et le samedi aussi. Et le lundi, la plupart des collègues ferment, ce serait dommage.

– Eh bien, le mardi, dans ce cas », conclut la veuve. Elle se leva, posa sa tasse à thé et l'assiette à biscuits sur l'évier et entreprit de les rincer. Simon observait son dos et ses épaules sous sa blouse de ménage à fleurs. On aurait dit qu'elle ne pesait rien, qu'elle était sans force, bien qu'elle eût encore le geste vif et précis. Les fleurs de sa robe ondulaient, comme si, sous l'étoffe, la frêle ossature de son dos tremblait, prête à se briser.

Lors de son premier mardi de liberté, Simon traversa le Danube et prit au sud vers Kaisermühlen. Une fois dans la prairie, il ôta ses chaussures et flâna pieds nus dans l'herbe humide de rosée. La terre était fraîche et à chaque pas ses pieds faisaient un petit bruit de ventouse. Au bord d'un cratère de bombe couvert de buissons, il étendit sa veste par terre et s'assit contre un tronc d'arbre. Il ôta sa chemise et se laissa dorer les épaules et le ventre au soleil. Inlassablement les alouettes s'élevaient de l'herbe haute et se laissaient retomber dans un concert de pépiements désordonnés, puis s'envolaient de nouveau dans un grand battement d'ailes. Le fleuve déroulait un large ruban gris, derrière lequel s'étendait le paysage vallonné couvert de cubes blancs, gris et jaunes de la ville. Le vent lui portait les bruits de la circulation. Une péniche chargée de gravats largua l'amarre et commença à glisser lentement vers le Kahlenberg. Au loin dans le ciel, le sommet de la Grande Roue émergeait au-dessus des toits.

La pendule de Mexikokirche indiquait une heure et demie. À cette heure, les premiers clients seraient déjà repartis. C'était le moment le plus calme de la journée, celui des ménagères et des buveurs silencieux de l'après-midi. Le café ne reprenait vie qu'après trois heures, au moment où les marchands passaient boire un petit noir ou un thé au rhum, où les deux dames s'installaient à leur table en terrasse et où les ouvriers de l'équipe du matin sortaient de l'usine. Simon pensait à ses clients. Il savait étrangement peu de choses d'eux et pourtant il les connaissait si bien. Mais peut-être se faisait-il seulement des illusions. Peut-être qu'au fond il ne connaissait personne. Même pas lui-même. Justement pas lui-même. Peut-être était-ce pour soi qu'on restait la plus grosse énigme. Aussi énigmatique que ce héron complètement immobile sur la rive, qui, en réalité, n'était rien d'autre qu'une branche sèche abandonnée par le courant. Complètement immobile. Noire et sèche.

Quand il traversa le Nordbrücke pour rentrer à la maison, un moment plus tard, le soleil allait bientôt disparaître derrière le Kahlenberg. La circulation de fin de journée faisait trembler le béton sous ses pieds et le soleil lançait des éclairs sur les vitres des voitures qui passaient en vrombissant. Sur l'autre rive, les maisons projetaient déjà de longues ombres bleues. Une brise s'était levée, apportant l'air humide de la plaine danubienne. Simon agitait les bras pour se réchauffer. Sa sieste lui avait laissé une raideur à la nuque et il avait d'innombrables piqûres d'insectes aux pieds. Après le pont, il descendit le Handelskai et prit, sur sa gauche, une des rues qui menaient à la gare du Nord-Ouest, où deux amoureux étroitement enlacés s'étaient couchés dans les herbes folles entre les voies désaffectées. De l'autre côté de la rue, un homme marchait, la tête basse, les épaules tombantes. Des poignets décharnés pendouillaient des manches de son manteau sale et rapiécé. C'était le vieux Georg.

« Eh, cria Simon. Mais qu'est-ce que tu fais là ? »

Le vieux sursauta et se retourna. « Rien, dit-il en haussant les épaules. Je ne fais absolument rien. »

Simon le regarda. Sa maigre silhouette, ses joues creusées, ombrées de poils de barbe gris.

« Passe demain au café, dit-il. Je te paie un verre ».

Le vieux Georg remercia d'un hochement de tête. Puis il se retourna et s'éloigna à petits pas traînants. Simon le suivit des yeux, jusqu'à ce qu'il soit avalé par l'ombre d'une goulotte de ciment, fasse un crochet vers la droite et disparaisse au tournant suivant. Sur la rive de Brigittenau retentit la sirène de la gravière qui libérait l'équipe de l'après-midi. Simon regarda autour de lui. Il n'y avait plus trace du couple d'amoureux. C'était comme s'il s'était évaporé ou s'était résorbé dans la terre entre les voies désaffectées.

# 15

L'HIVER suivant, Robert Simon fut victime d'un accident où il laissa trois doigts de sa main droite et qui faillit lui coûter la vie. Début mars, le froid sembla perdre son âpreté ; la petite colonne du thermomètre de la cuisine grimpa à douze degrés, au Prater fleurirent les perce-neige et les scilles, et quelques patrons optimistes commencèrent à installer les premières tables de leurs terrasses. Ce soupçon de printemps dura trois jours, puis le ciel se couvrit et la neige reprit. Le thermomètre tomba à moins quinze la nuit, et la gelée blanche pâlit les fleurs du Prater. Simon recommença à déblayer la neige. Il répandit des copeaux de bois sur le trottoir, cassa la glace des rebords des fenêtres et chauffa les gouttières au bec Bunsen pour empêcher la tôle d'éclater.

Au café, le calme régnait. Par ce froid, les gens préféraient rester au chaud dans leur séjour qui sentait bon la cire à regarder les nouvelles ou un film policier à la télévision, qui émettait depuis peu en couleurs et sur deux chaînes. L'après-midi, Simon et Mila passaient à nouveau des heures à la fenêtre et contemplaient la neige tomber. Il ne venait guère que le vieux Georg, Rose Gebhartl, les filles de l'usine de fil et, de temps à autre, un marchand qui se réchauffait avec un punch. Certains après-midi, il y avait aussi Micha le peintre, qui allongeait ses pieds sous le radiateur, par ce temps il avait du mal à tenir le pinceau dans ses doigts gourds, qui plus est, la couleur séchait et perdait son éclat.

Le jour le plus froid – la température était descendue à moins dix-sept la nuit précédente –, le chauffage tomba en panne. En l'espace de quelques heures, les fleurs de givre jonchaient les fenêtres, et on entendait les gouttières crisser et craquer au-dehors. Simon alla examiner la chaudière à la cave avec Kostya Vavrovsky.

Ils descendirent les escaliers poussiéreux et suivirent le couloir au fond duquel se dressait la chaudière, un monstre noir, recouvert d'écailles de rouille et de traces d'huile séchées.

Vavrovsky posa sa main sur le fer et ferma les yeux. Il resta ainsi une minute sans bouger, puis il se baissa, secoua une grosse molette et régla la manette au-dessous du thermostat sur cinq.

« C'est une vieille bête, dit-il. Mais elle frémit encore. »

Il tira une grosse clé de la poche de sa veste et en frappa de toutes ses forces une soupape de la paroi latérale.

« Il faut cogner fort, sinon elle ne sent rien. »

Il ouvrit le clapet du gaz et enfonça les deux boutons qui se trouvaient dessous. Avec un craquement suivi d'une sorte de soupir, la flamme jaillit.

« Elle va mettre un moment, dit Vavrovsky. Mais dans deux heures au plus tard, tu pourras faire cuire des œufs sur les radiateurs. »

Pendant quelques jours, il régna au café une chaleur tropicale. Les clients venant de l'extérieur affrontaient un écart de température de quarante-cinq degrés qui en affectait plus d'un. Harald Blaha devint subitement tout mou après le premier punch, il menaçait de tourner de l'œil et aurait pratiquement glissé sous la table, si son ami Wessely ne l'avait saisi au collet in extremis et secoué pour lui faire reprendre ses esprits. Les ouvriers s'attablaient en maillot de corps et la sueur qui coulait des teintures faites maison des filles de l'usine de fil maculait de taches sombres le col de leur corsage. Toutes les tentatives de Simon pour faire baisser la température échouèrent. Les manettes des radiateurs étaient bloquées, elles ne bougeaient pas d'un millimètre.

« C'est insupportable, dit-il à Mila, je reviens. »

Du haut de l'escalier, il entendit gronder et pétarader et, lorsqu'en progressant dans le couloir il aperçut la chaudière à la lueur trouble de la loupiote du plafond, il eut la soudaine conviction qu'elle était vraiment vivante. « Du calme, dit-il à la figure tremblante que dessinaient la bouche d'évacuation et les deux trous du clapet de gaz. Je ne te veux pas de mal. »

Il régla la manette sur le un et cogna deux fois contre la molette. Tu es sans doute aussi vieille que la maison, pensait-il. Peut-être même plus. Mais il faut encore que tu tiennes le coup cet hiver. Après, j'irai dire deux mots à Vavrovsky et on te trouvera un coin peinard, je te le promets.

Il dressa l'oreille. Quelque part à l'intérieur de la chaudière, il entendit un bruit sourd, comme quelqu'un qui s'étrangle et, l'instant d'après, il était aspiré dans l'air et voyait, sidéré, l'espace se dilater autour de lui et éclater enfin sans bruit telle une gigantesque bulle molle.

La deuxième section de la brigade de sapeurs-pompiers de Leopoldstadt consigna dans son procès-verbal que, à la date du 7 mars 1970, dans la cave de l'immeuble qui faisait le coin de la Haidgasse et de la Leopoldsgasse, le cafetier Robert S. avait survécu à l'explosion d'une chaudière qui se trouvait à proximité immédiate. Il semblait que la surpression qui avait causé l'explosion fût due à la vétusté des soupapes et de la gaine. L'explosion avait détruit une partie des murs de la cave, causé une inondation de moyenne importance et une panne d'électricité temporaire dans l'immeuble. Le cafetier blessé avait pu être dégagé sans difficultés majeures des ruines et des morceaux de métal déchirés. Le souffle de l'explosion l'avait manifestement propulsé à travers le couloir d'une dizaine de mètres, au bout desquels il était allé percuter le mur. L'homme était conscient, encore que confus. En raison de la couche de poussière qui le recouvrait, on n'avait tout d'abord pas constaté de blessures. Mais, en déblayant, on avait ensuite trouvé dans une niche du mur – étrangement rangés parallèlement les uns aux autres, blancs comme neige et propres – trois doigts qu'on avait apportés à l'hôpital du secteur, sans toutefois nourrir le moindre espoir. La statique de l'immeuble ne semblait pas avoir été endommagée, une enquête sur la culpabilité de tiers ne paraissait pas s'imposer, la police s'était rendue sur les lieux, les compagnies du gaz et des eaux avaient été informées. Signé. Tamponné. Archivé.

Robert Simon passa deux semaines dans une chambre paisible de l'hôpital Saint-Joseph, avec un vigneron de Perchtoldsdorf dont la femme avait écrasé le pied sous le tracteur en le garant.

« Dans les vignes, ç'aurait été moins grave, expliqua le vigneron. Mais ça s'est passé à la maison, dans la cour. Tout est asphalté, maintenant j'ai le pied en bouillie. Mais je ne lui fais pas de reproches. »

Il était intarissable sur sa femme. Il dépeignait son ardeur au travail et ses jambes prodigieuses, qui étaient si fermes, si blanches, parcourues de veines si fines qu'on les aurait crues sculptées dans du marbre italien.

« Des jambes pareilles, c'est un cadeau du Seigneur, disait-il, souvent quand je la vois comme ça au milieu des ceps de vigne, j'en deviens tout bête dans ma tête. Surtout à midi, quand le soleil vous crame toute la raison dans le cerveau. Je ne vais tout de même pas cesser de l'aimer parce qu'elle m'a mis le pied en bouillie ! »

Simon lui donna raison. La plupart du temps, il se bornait toutefois à acquiescer en silence, parce qu'il ne comprenait pas la moitié de ce que lui racontait le vigneron. L'explosion ne lui avait pas seulement arraché trois doigts, elle lui avait aussi perforé le tympan gauche. Et un éclat lui avait effleuré la poitrine et infligé une longue et vilaine entaille sous la clavicule. Au reste, un autre était resté fourré dans sa cuisse.

« Il va s'installer », dit le médecin-chef, un vieil homme aux favoris jaunâtres que ses collègues surnommaient « le Découpeur », parce qu'il avait amputé des centaines de membres pendant la guerre et extrait autant de bouts de métal. « Bientôt vous ne le sentirez plus, il fera partie intégrante de vous. »

Au premier jour des visites, Mila et Johannes Berg étaient à son chevet.

« Bon sang, dit le boucher, en voyant le pansement informe à la main de Simon. Ça a l'air sérieux.

– Ça va s'arranger, dit Simon. Comment est le café ?

– Il n'a rien eu, dit Mila. On a entendu un vroum incroyable sous le plancher, et quelques verres sont tombés de l'étagère, c'est tout.

– C'est fermé jusqu'à nouvel ordre, dit Simon. J'en ai pour quelque temps, moi, ici.

– De toute façon, ça n'aurait pas de sens, sans chauffage. Kostya Vavrovsky dit que ça va prendre quelques jours jusqu'à l'arrivée de la nouvelle chaudière.

– La chaudière était déjà pourrie. Maintenant elle est complètement fichue, dit Simon.

– N'empêche que l'immeuble a tenu le coup, dit le boucher.

– Oui, c'est déjà ça », dit Simon.

Parler l'avait tellement épuisé qu'il ne savait même plus de quoi il s'agissait au juste. Ce n'est qu'ensuite, alors que Mila et le boucher étaient partis depuis longtemps, qu'il revit l'expression soucieuse de leurs visages et pensa aux verres qui s'étaient brisés et aux éclats minuscules qui allaient sûrement crisser un bout de temps sous les chaussures des clients.

Il vécut les jours suivants dans une sorte d'hébétude. Ces journées à l'hôpital lui semblèrent être un seul et unique moment qui s'étirait à l'infini, interrompu seulement par les repas, les visites des médecins et les propos passionnés du vigneron. Peut-être était-ce l'effet des médicaments, dont le goutte-à-goutte se distillait dans ses veines et qui le berçaient de rêves et transformaient les douleurs de sa main ou ce qu'il en restait en un élancement agréablement étouffé.

Un matin enfin, en clignant des yeux dans le soleil, dont un rayon oblique tombait de la fenêtre et plongeait la chambre dans une clarté éblouissante, il prit conscience de ce qui lui avait échappé les jours précédents : le printemps était là, chaud, radieux, et dans les arbres du parc de l'hôpital les premières traces de vert pointaient entre les branches noires et humides.

Étendu dans son lit, le vigneron respirait bruyamment dans son sommeil. Par moments, la commissure de ses lèvres tressaillait. Il avait l'air de sourire, de rêver à deux jambes blanches et fermes dans la lumière dorée de ses vignobles.

## 16

MAINTENANT ils construisent un métro. C'est à ne pas croire. Creuser sous la ville comme des taupes. Imagine-toi un peu ce qu'on va trouver là-dessous. À Vienne, on compte autant de têtes de morts que de pavés. Ils n'en ont plus pour longtemps, de la paix éternelle, les morts. Quels abrutis. Voilà ce qu'on gagne avec un maire comme le Marek. Mais qu'est-ce qu'on peut faire, les rouges n'ont pas mieux et les noirs n'ont personne. Au moins il parle bien. Oui, parce qu'il n'a rien à dire. Les gens qui ont des choses à dire, généralement ils ne parlent pas. Le Marek, il parle à longueur de journée. Tous, ils parlent à longueur de journée. Alors que personne n'écoute plus. N'empêche qu'ils continuent à parler, que le métro va être construit, que la cathédrale Saint-Étienne va devenir un terminus, et que le Bon Dieu se voile la face en regardant ailleurs. Je suis contente que mon mari ne puisse pas voir ça. La guerre, vingt-trois ans au tramway, et le cancer pour finir, il a eu sa dose. On dit que le tramway va bientôt circuler sans contrôleur. De la folie pure. D'un autre côté, les contrôleurs sont tous antipathiques. Il n'y en a pas un pour racheter l'autre. Les contrôleuses sont mieux. Au moins elles sont aimables avec les enfants. En fait, on ne devrait avoir que des contrôleuses et, au lieu du Marek, une femme à la mairie. Mila, portez-nous-en deux autres, je vous prie. Pour moi juste une petite, quoique, en fin de compte, pour moi aussi une grande. Tu as vu ? Évidemment ça crève les yeux. Là il ne s'agit plus de son coup de fourchette. Et avec un gars du Heumarkt en plus. Remarque, ce n'est pas forcément un mauvais bougre. Ça, c'est l'avenir qui le dira. Qui vivra verra. Je ne comprends pas pourquoi elle n'a pas été plutôt faire les yeux doux au Simon. Maintenant qu'il lui manque la moitié de la main ? Trois doigts, ça ne fait pas une moitié de main. Merci Mila, posez-les juste là, à l'ombre. C'est incroyable, ce qu'elle peut être grosse. Moi, le Simon m'aurait bien plu, quand j'étais jeune. Toi, tout le monde te plaisait. C'est vrai, je n'étais pas farouche. Mais aussi les hommes étaient si beaux. Et ils sentaient si bon. Au début mon mari sentait le pain frais. Je croyais que ça durerait toujours. Quelle illusion. Je trouve qu'en général les hommes sentent la pierre. Quelque part une odeur pas organique. J'en ai rencontré un, une fois, qui sentait l'anis. Ce n'était pas le pire. J'ai les jambes gonflées, non mais regarde un peu. Une misère. Si j'avais droit à une seconde vie, j'aimerais être quelqu'un d'autre. Qui donc ? Qu'est-ce que je sais, un animal peut-être. Ou une plante. Un sureau par exemple, c'est là tout simplement, qu'il pleuve ou qu'il fasse beau, et tout le monde le regarde avec plaisir, personne ne lui veut de mal. Ça me plairait bien. On n'a pas le choix. Exactement. Prosit. Un métro donc, juste au-dessous de notre beau Leopolstadt…

# 17

Mila était lasse. Elle sentait ses jambes lourdes et molles, et, de temps en temps, elle était prise de vertiges. Quand elle se penchait sous le comptoir pour attraper un torchon propre ou le seau avec la serpillière, elle avait une peur bleue de basculer et de s'étaler par terre, la face contre les dalles du plancher. Les premiers temps, elle tentait encore de masquer son état dans des chemisiers amples ou de grands tabliers, mais bientôt ça se voyait tellement que les clients avaient commencé à poser des questions ou à faire des plaisanteries idiotes.

Elle avait redouté de le dire à Simon. Elle se sentait inutilisable et ridicule avec son ventre qui ne lui appartenait plus à elle toute seule. Simon allait la mettre à la rue, c'était sûr. Quand elle avait fini par le lui avouer un beau jour (ils étaient seuls dans la salle et pliaient les torchons qu'elle était allée chercher à la buanderie, dans la cave reconstruite depuis peu), ses mains tremblaient. Mais Simon s'était contenté de dire qu'il s'en doutait déjà de toute manière. D'ailleurs ce n'était pas pour tout de suite. Et quand elle ne pourrait plus faire autrement, elle n'aurait qu'à rester chez elle, il pourrait se débrouiller un moment seul avec les sept doigts qui lui restaient. Mila aurait pu rire de soulagement, au lieu de quoi les larmes lui étaient montées aux yeux. « J'espère que tout se passera bien, avait-elle dit. C'est mon premier, c'est pour ça. »

Quand René avait appris qu'elle attendait un enfant, il avait ouvert tout grand la fenêtre et crié dans la rue : « Mila est enceinte ! Ce n'est pas possible ! Mila va avoir un enfant ! »

Il dit que si c'était un garçon, il aimerait bien l'appeler Georg, et si c'était une fille, Charlotte, comme sa grand-mère maternelle qu'il n'avait malheureusement pas connue, mais qu'on voyait sur une vieille photo, un carton à chapeau à la main, devant un massif de tulipes, et qui était très belle. Mila, le nom lui était égal. Georg ne lui plaisait pas particulièrement, mais depuis qu'elle avait rêvé, une nuit, d'un parapluie blanc comme un flocon de neige qui tournoyait tout en haut dans le ciel, elle savait que ce serait une fille.

« Moi, je n'ai rien contre », dit René.

Depuis le jour où il s'était posté devant elle, suant sang et eau, pour l'inviter à venir se promener, presque un an et demi s'était écoulé, mais il ne s'était installé chez elle que depuis quelques mois. Ils avaient acheté une penderie pour ses affaires, un lit neuf, et Mila s'endormait chaque nuit, la joue blottie contre son épaule. Certains matins, en s'éveillant et en sentant sa cage thoracique impressionnante émerger comme une montagne à côté d'elle, elle aurait pu crier de bonheur.

Au début ça n'avait pas été si facile. La première fois, au Prater, il avait tenté de l'embrasser, mais son étreinte avait été si fougueuse et si gauche qu'ils avaient trébuché tous les deux et failli se casser la figure. Après quoi, il s'était assis sur un banc du parc et avait enfoui son visage dans ses mains. Elle avait essayé de le réconforter, mais il avait à peine desserré les dents le reste de l'après-midi et marché à côté d'elle, la tête basse, les mains obstinément fourrées dans les poches de son pantalon.

Elle avait tout de même accepté un deuxième rendez-vous. Plus tard elle n'aurait pas pu dire si c'était par pitié ou si elle lui trouvait déjà quelque chose d'intéressant. Cette fois-là, ils avaient traversé le canal du Danube, remonté la Rotenturmstrasse, et ils étaient allés jusqu'à la Hofburg en passant par la Stephanplatz, le Graben et le Kohlmarkt, puis ils étaient rentrés par le même chemin. À l'une des fontaines de la Michaelerplatz, René s'était arrêté, avait croisé les bras sur sa poitrine en regardant les hommes de marbre gigantesques avec leurs membres tordus et leurs visages désespérés, terrifiés. « C'est exactement de ça qu'on a l'air, nous, au Heumarkt », avait-il dit.

Puis il avait plongé ses deux mains dans le bassin et s'était envoyé une bordée d'eau à la figure. Mila avait été surprise, mais n'avait pu s'empêcher de rire. Elle lui avait passé les doigts dans les cheveux et lui avait caressé le front. Bien qu'il ait commencé à bruiner, ils avaient fait le chemin du retour plus lentement qu'à l'aller. Elle lui avait montré les bijoux et les vêtements des vitrines de Heldwein et d'E. Braun & Co, et à la colonne de la peste, ils avaient de nouveau fait halte et observé les pigeons qui s'affairaient avec des allures de petits rentiers. Mila ne cessait de parler, mais à la Stock-im-Eisen-Platz elle était restée subitement coite. Ils avaient redescendu en silence la Rotenturmstrasse, et sur le Marienbrücke elle avait posé pour la première fois sa joue contre le bras de René.

Le mariage avait eu lieu un dimanche à la Leopoldskirche. Mila portait une robe blanche, qu'elle avait cousue elle-même pendant les nuits et brodée de centaines de petites fleurs, René, lui, s'était présenté en costume sombre. Comme témoins ils avaient le champion du monde de l'année, Gerd « Bambule » Franticek, et Robert Simon. Simon portait lui aussi un costume, avec une cravate que la veuve lui avait nouée si serrée qu'en conduisant la mariée à l'autel il se disait que sa tête allait exploser là, sous les yeux des invités.

Beaucoup de gens du café s'étaient déplacés, Rose Gebhartl, le boucher avec sa femme et leurs quatre enfants, Kostya Vavrovsky, les deux dames, Wessely et Blaha, dont l'œil de verre scintillait mystérieusement dans la pénombre de l'église, et quelques marchands ainsi qu'une grosse femme léthargique dont personne ne connaissait le nom, mais qui venait généralement en début de soirée prendre un petit noir arrosé, avec de la chantilly. Tout au bord, cachées derrière une colonne de marbre richement décorée, deux anciennes collègues de Mila de l'usine textile de Floridsdorf sanglotaient dans leur mouchoir et, au dernier rang, cinq catcheurs du Heumarkt qui se serraient sur l'étroit banc de bois esquissèrent un même sourire gêné comme sur commande, quand René passa la bague au doigt de sa mariée.

Après la cérémonie, tout le monde prit le chemin du café, où Simon avait mis quelques bouteilles de mousseux au frais et recouvert les tables de nappes blanches. Gerd Franticek, qui n'était pas des plus loquaces d'ordinaire, se planta au milieu de la salle et s'arracha quelques phrases. « René et Mila forment un beau couple. Je n'ai aucune idée de ce qu'est l'amour, mais quand on les voit tous les deux, on se dit que tout ça a un sens. René a toujours été un gars bien. Et il va l'être encore plus, car sa Mila est carrément un ange du ciel, ça se voit tout de suite. Prosit, à la santé des mariés !

– Santé, dirent les invités.

– Dommage qu'il n'y ait pas de musique, déplora Rose Gebhartl, avant de fixer Mila : Quoique, avec un ventre pareil, la question de la danse est vite réglée. »

## 18

Ça faisait une heure que René croupissait dans la salle d'attente de la maternité de l'hôpital Saint-Joseph. La pièce était peinte en vert tilleul et éclairée au néon. Sur un des murs était accroché un mince crucifix et, sur un autre, un tableau de fleurs défraîchi. Huit chaises orange en plastique, un caoutchouc, un présentoir avec des brochures d'information, une petite table avec un vase vide. René était assis, immobile, la nuque appuyée contre le mur, ses yeux étaient clos. Quelques minutes plus tôt, il avait cru entendre un bruit sourd derrière la porte numéro 17 et bondi sur ses pieds. Il était resté debout un moment sans bouger en dressant l'oreille. Mais il n'avait plus rien entendu hormis un bourdonnement régulier derrière la porte vitrée qui donnait sur le couloir, et il s'était rassis.

Le matin encore, il était à son chevet et lui tenait la main. Ça avait commencé brusquement, à midi. Mila avait renversé la tête sur l'oreiller et crié. Sa voix rendait un son inconnu. René n'aurait jamais cru qu'on puisse crier aussi fort que ça sans s'arrêter. Un aide-soignant et une infirmière avaient poussé le lit avec sa femme qui criait dans une suite de couloirs interminables, jusqu'à la chambre numéro 17.

« Vous avez de la chance, avait dit l'infirmière. C'est dans la 17 que naissent les petits bijoux. »

Le médecin était jeune, trente-cinq ans au plus. Il avait les cheveux blonds, une lumineuse carnation de roux et de petites mains délicates d'enfant. « Aujourd'hui ça n'arrête pas de défiler, dit-il. Drôlement impatients, ces bébés. »

Il se pencha entre les jambes de Mila et se mit au travail. Ses gestes étaient souples et posés. René voyait ses bras se lever et s'abaisser lentement, régulièrement.

Mila s'était tue. Elle semblait s'être apaisée et regardait par la fenêtre. Mais tout à coup elle cambra le buste, saisit le médecin aux épaules et enfonça ses doigts dans sa blouse. L'infirmière lui saisit les poignets et la repoussa sans ménagement. « Arrête ça », dit-elle.

Elle noua un linge entre deux barreaux à la tête du lit et lui dit qu'elle pouvait s'y agripper. « Plus tu serres fort là-haut, plus ça sortira vite en bas, dit-elle.

– Il faut respirer, dit le médecin. Respirez ! »

Il avait levé un peu les mains et René vit du sang sur ses doigts. « Qu'est-ce qu'il y a ? demanda-t-il en avançant d'un pas. Qu'est-ce qui se passe ?

– Rien, dit l'infirmière. Le docteur fait son travail. On travaille tous. Surtout votre femme. »

René acquiesça. Il voulut dire encore quelque chose, mais à cet instant il croisa le regard de Mila. Elle l'effleura des yeux, puis elle se mit à gémir. C'était un son plaintif, étiré, qui enflait puis déclinait et semblait venir de tout autre part. Je ne la connais pas, se dit René, et une frayeur glaçante lui zébra la colonne vertébrale.

« Vous sortez maintenant et vous allez vous asseoir, dit l’infirmière. Sinon, dans une minute on a un patient de plus, nous, ici. »

Elle l’avait poussé dehors, et depuis lors il était assis sur une chaise orange et il attendait. Il pensait aux heures précédentes. Au trajet jusqu’à l’hôpital en tramway. Aux douleurs de Mila et à son impuissance à lui. Dans un bras il avait son sac et le panier avec les affaires de bébé, de l’autre il la soutenait. À l’entrée de l’hôpital, les jambes de Mila avaient fléchi, et elle serait presque tombée à genoux s’il ne l’avait pas tenue. À cet instant-là il avait senti en lui une détermination et une force comme jamais encore de toute sa vie. « Ce n’est plus loin, avait-il dit. S’il n’y a plus moyen, je peux te porter. »

Elle avait secoué la tête et continué à marcher, remonté la rampe et passé la porte vitrée qui donnait sur le hall d'accueil, où elle s’était affaissée sur une chaise et avait poussé un premier cri.

René dressa l’oreille. Depuis quelques minutes aucun son ne lui parvenait plus du numéro 17. Tout était silencieux. On entendait juste le vent souffler de temps à autre contre les vitres, qui vibraient. Il pensa à la maison. Ils avaient préparé le petit appartement pour l’enfant. Mila avait tricoté de minuscules chaussons et obstrué la plupart des prises électriques. Elle disait que de si petits doigts se frayaient un chemin partout. René avait rapporté un berceau qu’un collègue des autos-tamponneuses lui avait cédé pour quelques schillings. Il était blanc avec une petite croix de bois au pied et un petit ciel de lit pour protéger du soleil. « Tu sens déjà quelque chose ? » lui demandait-il souvent. En guise de réponse, chaque fois, elle prenait sa main et la posait sur son ventre, et chaque fois il était déçu, parce que rien ne bougeait. Mais un matin il avait senti quelque chose, à peine plus qu'un léger battement sous sa paume.

René promena son regard dans la pièce. Sur les murs. Le caoutchouc. Le présentoir avec les brochures. Il avait chaud et sentait son cœur se serrer. Il se leva pour aller aux toilettes. Il voulait boire un peu d'eau et se laver les mains. Ça l'agaça de ne pas y avoir pensé plus tôt. Il fallait avoir les mains propres, quand ils lui poseraient l'enfant dans les bras. « Il faudra le prendre tout doucement, avait dit Mila. Sinon tu risques de lui faire mal »

La porte s'ouvrit et le médecin sortit. Il avait l'air encore plus jeune qu'avant, mais son visage était pâle.

« Ça y est ? » demanda René.

Le médecin fit un geste d'impuissance en levant les bras, puis il les laissa retomber.

« Je suis désolé », dit-il.

Quand René repenserait à cette journée plus tard dans sa vie, la première image qui lui viendrait à l'esprit serait celle des mains du médecin, qui, pendant quelques instants, planèrent dans la pièce tels de petits oiseaux blancs, avant de se retransformer et de pendre, lasses et inertes, des manches de sa blouse.

La pièce était singulièrement propre et rangée. Mila reposait calmement, la tête un peu surélevée, les mains croisées sur la couverture. Dans ses cheveux tremblait une tache de soleil un peu floue. L'infirmière était assise sur un tabouret près de la fenêtre. La bouche entrouverte, elle avait l'air épuisée, ses yeux étaient rouges.

Le regard de René se posa sur une table de métal au pied du lit. Dessus gisait un petit paquet enveloppé dans des linges immaculés.

« Voulez-vous le voir ? » demanda le médecin.

René fit un pas vers la petite table, puis il s'arrêta et regarda Mila.

« Je suis triste, René », dit-elle.

# 19

À PEINE trois ans après l'explosion et son séjour à l'hôpital, ces semaines de douleur et la tristesse d'avoir perdu ses doigts apparaissaient à Robert Simon comme un rêve, à peine plus réelles que l'ombre d'un souvenir qui n'avait plus rien à voir avec sa vie actuelle. Ce n'était certes pas toujours simple de boucler les fins de mois au café, mais même s'il se sentait constamment fourbu, surtout le matin, il avait encore assez de force et d'endurance pour ce travail. Parfois ses doigts lui manquaient, le pouce robuste et les deux autres avec leur bout rose et leurs cernes noirs sous les ongles, quand il secouait la terre des pommes de terre autrefois, à l'étal du marchand de légumes. Pendant un temps ils étaient revenus hanter ses rêves. Au début, c'était un morceau de métal brillant qui fondait sur lui dans l'obscurité et lui arrachait les doigts. Puis il n'y eut plus que les doigts. Et enfin, lorsqu'au bout de quelques mois les cicatrices se furent réduites à des lignes pâles, Simon ne rêva plus que de la douleur qui se ranimait dès qu'il était endormi, un feu dévorant, assourdissant, qui embrasait toute la pièce, et le lendemain matin il s'étonnait de trouver sa main avec ses trois moignons lisses et guéris.

Il était heureux derrière son comptoir. Se réjouissait l'hiver que le chauffage marche et l'été que le soleil brille sur la terrasse. Au fil du temps il avait développé une étonnante dextérité de la main gauche, et parvenait même à se servir un peu de la droite. Il avait une technique à lui qui consistait à plaquer l'auriculaire et l'annulaire contre la paume en les écartant le plus possible, et réussissait à coincer jusqu'à cinq verres à pied et, au grand étonnement des clients, à les aligner sur la table d'un geste prompt.

Pour certains travaux, comme le raccordement des fûts de bière ou de menues réparations à la cuisine, Simon s'adressait à un bricoleur qui s'appelait Arnie Stjanko. Arnie avait fait son apparition au marché quelques années plus tôt, il prétendait avoir grandi chez un oncle, un ancien déserteur, dans une cabane au fond des bois de la Haute-Autriche. « Un salaud devant l'Éternel, disait-il de son oncle. Mais ça fait longtemps qu'il a crevé. »

Tous ceux qui le connaissaient un peu savaient que l'histoire était pure fable. Arnie était le fils unique d'une veuve retraitée avant l'heure et, à peine avait-il su lire et écrire, qu'il avait travaillé dans une tôlerie de Simmering, où il était resté quelques années. Puis il avait vendu des cigarettes de contrebande et des revues américaines de filles nues et, depuis un bref séjour en prison à cause d'une bagarre où il avait entaillé la joue de l'autre avec un tesson de bouteille, il traînait sa petite silhouette efflanquée au regard furtif entre le Prater et le marché des Carmélites. Un de ces gars qui cherchaient le bonheur dans les bas-fonds, comme beaucoup à Leopoldstadt.

À l'occasion il faisait de petits boulots sur le marché. Il était adroit de ses mains et savait travailler le métal. Quand il vous affûtait une scie, ses dents coupaient ensuite comme des lames de rasoir ; il installait les paratonnerres et les gouttières, avait entièrement démonté la balance de Heide Bartholome, et après en avoir brossé et graissé les pièces, les avait si bien réajustées que l'aiguille tremblotante stoppait presque au demi-gramme près.

« Vous me donnez un tas de ferraille et je vous fais un tramway, avec le dépôt en prime », disait Arnie Stjanko.

Le boucher avait averti Simon qu'Arnie était un frimeur et un bon à rien qui cherchait la bagarre, surtout quand il avait un verre dans le nez. En outre il était faux comme un jeton et aussi voleur qu'une pie. Il lui avait piqué une moitié de jarret de porc, comme ça, en passant, quasiment sous le nez, une seconde d'inattention, pfff, elle avait disparu.

« Possible, avait dit Simon, mais moi il ne m'a rien fait. Et en attendant, ma tireuse claque autant qu'une goulotte de chantier. Je crois qu'elle va rendre l'âme. »

Le samedi matin suivant, il fit venir Arnie. Ce dernier arriva avec des cernes sombres sous les yeux et empestait l'alcool. Mais il avait passé une salopette crasseuse vert bouteille et apporté sa caisse à outils.

« Je me sens drôlement faiblard, dit-il, je crois qu'une bière me remettrait d'aplomb.

– Pas de bière à cette heure-ci, dit Simon. Vas-y, commence. »

Arnie poussa de mauvaise grâce la porte du bar et plongea le buste dans les entrailles du comptoir. « Alors qu'est-ce que tu en dis ? demanda Simon, qui, au bout de quelques minutes, commençait à trouver la chose bizarre.

– Elle est fichue, annonça la voix assourdie d'Arnie, suivie du crissement aigu d'une brosse de fer sur le métal et de quelques vibrants coups de marteau. Mais moi je ressuscite les morts. »

« Il est peut-être un peu spécial, concéda Simon au boucher cet après-midi-là, sur la terrasse. Mais il a fait son boulot, il n'y a rien à redire. Il a enlevé une pleine poignée de tartre des soupapes, réparé les tuyaux et changé les joints. Il dit qu'un peu plus ils tombaient en miettes tellement ils étaient usés.

– C'est un bon à rien, dit le boucher. Aussi faux cul qu'un évangéliste. Tu ne me feras pas changer d'avis.

– Tant qu'il me répare mes affaires, ça ne me fait rien.

– L'année dernière il a renversé le panier de poissons du vieux Slubetsky en pleine rue, juste parce qu'il ne lui avait pas donné de pourboire. Un panier bourré d'ombles, tu te figures. Ils étaient si frais qu'ils frétillaient sur le pavé.

– Les gens peuvent changer. Et puis, la tireuse refonctionne, c'est le principal », conclut Simon.

Arnie venait deux ou trois fois par semaine. Il faisait son travail le matin, puis s'éclipsait quelques heures et réapparaissait en début de soirée, les cheveux luisants de brillantine. « Je te prends que cinq de l'heure, avait-il dit la première fois. Mais j'ai la bière à volonté et quelques cornichons en prime, d'accord ?

– Comme tu voudras, avait dit Simon.

– J'ai une bonne descente, mais je pense qu'aucun de nous deux n'y perd. »

En général, Arnie restait tout seul au comptoir. Il fixait son reflet dans la glace derrière les bouteilles et les verres, en tambourinant sur le bar. Il éclusait un verre après l'autre, et au bout du quatrième ou du cinquième, commençait à haranguer la salle. « Moi, on m'la fait pas. J'suis là parce que j'ai rossé le cul du diable. La vie est un deal. Et c'est pas toujours un bon deal. »

Quelquefois il disparaissait aux toilettes et on ne le voyait pas pendant un moment. Un jour, Simon alla s'enquérir de lui et, en entrant, il entendit un sanglot étouffé derrière la porte.

« Qu'est-ce qu'il y a, demanda-t-il. Ça ne va pas ?

– Ça va très bien, répondit la voix d'Arnie grosse de larmes, à moitié étranglée de chagrin. Ça pourrait pas aller mieux même, j'dirais. »

Le lundi, il allait de temps à autre s'asseoir à côté des joueurs de schnaps. Jusque tard dans la nuit, Franck Wessely et ses partenaires Breuer, Presbiszil et Bednarik abattaient leurs cartes sur la table à grand bruit. Ils jouaient longuement en silence, la langue coincée entre les dents, puis, sans crier gare, se mettaient à se hurler dessus et à balancer les cartes avec une telle violence sur la table que la bière débordait des verres.

« Et contra, une fois de plus ! criait Wessely. Va te faire foutre !

– Va te faire foutre, toi-même, répondait Bednarik. Contra c’est contra, et une annonce ça ne veut pas dire qu’on remporte le pli. »

Quand il manquait un joueur, Arnie le remplaçait. Il jouait mal, les cartes le stressaient, mais ça lui plaisait d’être attablé avec les autres, de faire partie de la bande et de n’avoir à lâcher qu’un chiffre ou une annonce ou éventuellement un bon mot dont personne ne se sentait obligé de rire. Un jour Bednarik fut empêché. Déjà, le lundi précédent, il s’était plaint que la bière « laissait comme un goût de savon sur la langue ». Le lendemain au petit déjeuner, il avait eu un vertige et, en allant travailler (il était caissier à la nouvelle filiale de la poste de la Taborstrasse), il avait carrément perdu connaissance, par chance le conducteur du 5 qui arrivait, brinquebalant, avait eu la présence d’esprit de stopper la rame à un mètre de son corps inanimé. Bednarik était revenu à lui, et un passant l’avait raccompagné à la maison. Ce n’était qu’une mauvaise grippe, mais pas question de jouer aux cartes pour le moment.

« Viens t’asseoir, dit Wessely à Arnie, qui moisissait en silence au comptoir depuis des heures. Et apporte ta bière. »

Arnie avait ôté les vieilles tuyauteries de plomb des murs de la cuisine et posé des conduites de cuivre à la place jusque dans l’après-midi. Il était encore en salopette, le regard déjà brouillé par l'alcool. Il glissa de son tabouret, alla tituber jusqu'à la table des joueurs et s'y assit.

« Tu joues avec moi, dit Wessely en distribuant. Après on changera.

– Je vais vous saigner comme des bleus, dit Arnie. Les uns après les autres. »

La partie fut inégale d'emblée. Breuer avait un jeu incroyable et entraînait Presbiszil dans sa veine, ils gagnèrent cinq parties d'affilée. Wessely proposa de changer les équipes, mais Arnie refusa : « Ils vont se ratatiner dans pas longtemps, j'en mets ma main au feu. »

Or ça continua. Breuer et Presbiszil gagnaient, et à chaque partie perdue, la mine d'Arnie s'assombrissait un peu plus. Ça faisait un moment qu'il n'avait pas desserré les dents, Wessely sentait la pression monter.

« Assez joué pour aujourd'hui, dit-il. Je suis fatigué.

– Reste assis », dit Arnie.

Il était courbé sur ses cartes, qu'il dissimulait dans le creux de la main, le regard obstinément fixé sur le milieu de la table.

« Si tu y tiens, dit Wessely. Une dernière, alors. Après j'arrête. »

Ils firent encore trois parties. À la troisième, Arnie remporta le pli, et ils gagnèrent.

« J'arrête », dit Wessely. Il laissa ses cartes glisser sur la table et finit sa bière.

« Non, dit Arnie. On continue.

– Bon Dieu, dit Presbiszil. Il est tard, je n'avais pas vu l'heure. »

Arnie ramassa les cartes et commença à battre.

« Laisse tomber, dit Wessely en se levant. C'est assez pour aujourd'hui.

– Boucle-la et rassieds-toi, dit Arnie.

– Qu'est-ce que tu as dit ?

– Assieds-toi.

– J'ai dit que j'en avais assez.

– Et moi j'ai dit qu'on jouait.

– Ça suffit, Arnie, dit Breuer, on est tous crevés.

– Je suis assez grand pour savoir si je suis crevé ou pas.

– Va te faire fiche, dit Breuer en se levant lui aussi.

– Reste assis ou je te saigne, dit Arnie. Je vous jure que j'suis sérieux. Je l'ouvre en deux.

– Ça ne sert à rien, Arnie, dit Presbiszil. On reprendra la prochaine fois. Tu peux nous faire confiance.

– J'fais confiance à personne. Rasseyez-vous ou je vous saigne. L'un après l'autre.

– Qu'est-ce que tu cherches à la fin, dit Wessely. Tu crois que tu me fais peur ? »

Arnie posa les cartes et le regarda d'un œil torve. Puis il mit la main à la poche latérale de sa salopette et en sortit un long tournevis cruciforme. Wessely et Breuer firent un saut en arrière. Une chaise bascula.

« Tu es complètement fêlé ou quoi ? cria Presbiszil.

– Ferme ta gueule, dit Arnie en regardant tour à tour Wessely et Breuer. Vous croyez que je suis malade ou quoi ?

– Je crois surtout que tu es un connard », dit Wessely.

Arnie bondit et se jeta sur Wessely. Une deuxième chaise bascula, des verres et un cendrier volèrent sur le plancher. Wessely hurla et tenta d'esquiver en reculant. Soudain Arnie fut tiré brutalement en arrière, Simon était derrière lui et l'avait saisi au collet. Le tenant à bout de bras, il lui asséna un coup en pleine figure. Arnie chancela sur le côté et laissa tomber le tournevis.

« Merde, dit-il à voix basse en tâtant sa lèvre supérieure du bout des doigts. Je crois que c'était une dent.

– Tu rentres chez toi maintenant », dit Simon. Arnie inspecta sa main. Il n'y avait pas grand-chose, juste quelques gouttes de sang clair au bout de ses doigts.

« Regardez-moi bien, dit-il en s'essuyant la main sur sa jambe de pantalon. Vous avez devant vous un homme mort. »

Il eut un bref éclat de rire, puis il se pencha sur son tournevis, l'empocha et quitta le café sans un mot.

Plus tard, Simon ne cessa de repenser à ce soir-là. Aux cris et aux bruits, à l'effroi sur le visage de Wessely et au sang sur les doigts d'Arnie, sa silhouette frêle qui passa furtivement dehors, devant la fenêtre, quand la porte se fut refermée derrière lui. Des nombreux ratés qu'il se reprochait dans sa vie, celui-ci était le plus impardonnable, trouvait-il. Arnie, il l'avait tout simplement laissé partir. Le gars n'attirait pas la sympathie, et visiblement quelque chose ne tournait pas très rond chez lui, mais il était habile de ses mains et, tant qu'il n'avait pas bu, on pouvait s'en arranger. Je n'aurais pas dû le virer, se disait Simon. J'aurais peut-être pu faire autrement.

Il ne revit Arnie qu'une seule fois. Assis sur un banc de la Nordbahnstrasse, il était courbé en avant et avait l'air de regarder passer les voitures. À côté de lui s'étalait un vieux sac de cuir bourré de chiffons. Il avait de la barbe et le visage couvert d'éraflures douteuses. Quand Simon traversa la rue et s'approcha de lui, il le regarda un instant, mais ne le reconnut pas.

C'était trois ans avant sa mort. Un ouvrier de la voirie le trouva un matin tôt au Prater, au manège derrière la Schweizerhaus. Il gisait sur la figure, dans la petite mare avec les nénuphars et les grenouilles en plastique. Il n'y avait pas dix centimètres d'eau, mais il s'était noyé. L'ouvrier dit qu'il n'était pas très abîmé, quand on l'avait retourné. On aurait presque pu le croire vivant, avec ses yeux grands ouverts dans son visage mouillé.

On l'enterra là-bas, au Cimetière central, il n'y eut ni cérémonie ni cortège. L'administration s'efforça encore pendant quelques semaines de trouver des parents, mais à cette époque ça faisait déjà longtemps que personne ne s'inquiétait plus d'Arnie Stjanko, rares même étaient les gens qui se souvenaient encore de lui.

# 20

L'ÉTÉ DE cette année-là, pour la première fois de sa vie, Robert Simon tomba malade. Un jour il se réveilla avec des maux de tête et, toute la matinée, se sentit mal fichu, sans aucun ressort. Dans la rue, la sueur lui ruisselait sur le dos et, quand il ouvrit le café, de petits flocons rouges se mirent à voleter devant ses yeux en grésillant. Il s'assit à une table et dressa l'oreille dans la salle, qui lui parut bien plus basse de plafond que d'habitude, et emplie d'un étrange grondement.

Dès qu'elle eut franchi le seuil, Mila vit que quelque chose n'allait pas. « C'est la grippe, dit-elle en lui mettant la main sur le front. Tu as de la fièvre.

– Mais quoi faire ?

– Tu rentres à la maison et tu te mets au lit. Je m'occuperai du café, dit Mila. De toute façon, c'est calme en ce moment.

– Oui, dit Simon, comme ailleurs en pensée, c'est calme. »

Les jours suivants, il était si faible, si assommé, qu'il ne quittait la chambre que pour aller aux toilettes, où il pissait quelques gouttes brunes en sentant son corps se dissoudre dans le bleu floconneux du tapis de sol. Ça vrombissait dans ses oreilles et des vagues de douleur à l'arrière du crâne lui mettaient les larmes aux yeux. Il n'avalait presque rien et maigrit beaucoup. La plupart du temps il dormait. Il rêvait de son café et voyait de minuscules flocons de braise se détacher du plafond et se mettre à danser au contact des surface dures : sur les tables, sur les chaises et sur les visages des clients, autant de petites lueurs qui sautillaient entre les bouteilles et les verres dans la glace du mur.

La veuve resta souvent à son chevet. Elle lui posait des linges frais sur le front ou lui enveloppait les pieds dans des serviettes imbibées de vinaigre. Trois fois par jour, elle lui concoctait une infusion au goût amer qu'elle lui faisait boire tiède, à petites gorgées.

« C'est bien, disait-elle. Les herbes font sortir la fièvre. »

Simon avait à peine la force de causer avec la veuve, aussi parlait-elle toute seule. Elle racontait sa jeunesse, les années d'avant-guerre dans la ville qui vibrait. Son mari avait douze ans de plus qu'elle et un bon poste aux archives centrales de l'administration des postes et des télégrammes. Il allait travailler avec plaisir le matin et rentrait tout aussi volontiers à la maison le soir, sa journée terminée. Le dimanche, ils sortaient en ville ou s'offraient un déjeuner dans une brasserie de Simmering. Ils étaient partis quelques fois en train, marcher dans la Wachau ou patiner, l'hiver, au lac de Neusiedl. Il leur était d'ailleurs arrivé une aventure : en contournant un îlot de joncs, lui s'était enfoncé brusquement sous la glace et se serait noyé lamentablement, si elle ne s'était jetée à plat ventre et ne l'avait tiré de l'eau par la manche de son manteau. Ils n'avaient pas eu d'enfants et jamais parlé d'amour, leur vie commune avait pris une certaine forme d'évidence qui leur suffisait. Elle s'était d'autant plus étonnée de l'allégresse avec laquelle il était parti à la guerre. Il rayonnait littéralement le jour de son départ, disait-elle. Et pour la première fois, l'idée l'avait effleurée que les hommes se languissaient leur vie durant d'être ailleurs que dans les bras d'une épouse ou derrière un guichet de l'administration des postes et des télégrammes.

Quand, un an et demi plus tard, lui parvint une lettre qui parlait d'accomplissement du devoir de soldat et de sincères condoléances, elle n'éprouva pas de chagrin, tout au plus une sorte d'amer ressentiment à l'encontre de cette guerre qui lui avait surtout pris l'illusion d'une vie réussie.

« Globalement, c'était un brave homme, dit-elle. Quand je pense que je n'arrive même plus à me souvenir de son visage. »

Simon acquiesçait faiblement. Dehors dans la rue, il entendait le bruit sec d'un battement d'ailes de pigeon. Il ferma les yeux et se l'imagina en train d'atterrir sur le toit, de trottiner encore quelques pas, avant de s'accroupir et de regarder les lointains de ses yeux rouges et fixes.

Au bout d'une semaine il allait mieux. La fièvre s'était dissipée au cours de la nuit et, quand il se réveilla, la clarté de la pièce le surprit. Il se leva et ouvrit la fenêtre. L'air était chaud, ça sentait la poussière et l'été. De la salle de séjour lui parvint le son tenu d'une musique. Il s'habilla et passa dans la pièce adjacente. Assise près de la commode, la veuve écoutait la radio. Elle avait les yeux clos, et Simon pensa qu'elle s'était endormie. Mais, quand il s'approcha sans faire de bruit, sa tête se redressa :

« Bonjour, dit-elle.

– Bonjour. Qu'est-ce que c'est comme musique ?

– Un concert de violon. Mais je ne sais pas lequel. »

Un peu plus tard ils prirent le petit déjeuner ensemble. La veuve avait fait du café et préparé des tartines de beurre et de miel. Simon avait recouvré l'appétit, le miel était tellement sucré que sa langue se rétractait dans sa bouche, de sa vie il n'avait jamais rien mangé d'aussi bon.

« J'espère que je ne vous ai pas causé trop de tracas, dit-il. Ce n'est pas une partie de plaisir, un malade à la maison.

– Il y a plus grave », dit-elle.

Il continua à manger un moment en silence. De temps à autre il jetait un coup d'œil au visage de la veuve. Elle avait la tête un peu baissée et contemplait ses mains posées tranquillement l'une sur l'autre. C'étaient de vieilles mains parsemées de taches sombres, et Simon repensa au jour où ils avaient fait connaissance. Il y avait huit ans de cela. Est-ce qu'il voulait la chambre, avait-elle demandé, et il avait dit oui. Puis ils s'étaient donné la main et, quelques jours après, il avait posé la question du bail, mais elle s'était bornée à hausser les épaules et à sourire, comme elle le faisait toujours lorsqu'elle n'avait pas envie d'entendre telle ou telle chose. Il lui avait souvent parlé du travail au marché et, plus tard, du café. C'étaient surtout les clients qui l'intéressaient, elle voulait savoir de quoi parlaient les gens, d'où ils venaient et où ils travaillaient. Elle se réjouissait d'apprendre combien son punch avait de succès et secouait la tête, incrédule, quand il lui parlait des ivrognes et des fous. Mais, avec le temps, leurs conversations s'étaient faites rares. Ils se voyaient à peine maintenant. En général il se levait lorsqu'elle avait fini de prendre son petit déjeuner, et quand il rentrait dans la nuit, elle dormait déjà, et il l'entendait ronfloter doucement par la porte entrouverte.

Il examina la pièce. Elle n'avait pas changé du tout. La table. Les chaises, la commode avec la radio. Sur le rebord interne de la fenêtre, les deux danseuses tendaient leurs bras minces vers la lumière du soleil.

La veuve s'empara de sa tasse et but une gorgée. Dans le silence de la pièce, les bruits qu'elle faisait en buvant rendaient un son singulièrement étouffé. Simon se demanda comment elle passait ses journées. Restait-elle devant la radio à écouter de la musique ? Sortait-elle de la maison, quand il y avait du soleil ? Priait-elle devant le Jésus de bois accroché au mur ? Avec qui parlait-elle ? Il ne se rappelait pas l'avoir jamais vue avec quelqu'un d'autre, et alors que le raccordement à quatre sur une ligne ne coûtait pratiquement plus rien, elle refusait toujours de faire mettre le téléphone. Cela avait peut-être à voir avec feu son mari, se disait-il. Avec le souvenir de l'administrations des postes et des télégrammes.

« Le café n'est pas bien fort, aujourd'hui, dit la veuve.
– Je le trouve parfait, dit Simon.
– Je crois que je me suis trompée dans la dose. J'ai la tête vraiment ailleurs quelquefois. » Son regard erra dans la pièce et s'arrêta sur le mur au-dessus de la radio. « Peut-être qu'on devrait… Je ne sais pas…
– À quoi pensez-vous ?
– Cette chose, là, sur le mur…
– Le papier peint ?
– Oui, dit-elle. Le papier peint. Quelquefois je me dis qu'on devrait le changer. On fait de si beaux motifs et de si belles couleurs de nos jours.
– C'est une excellente idée, dit Simon. Cherchez-en un qui vous plaise, et je vous le poserai. Ce n'est pas une grande affaire. On poussera les meubles au milieu de la pièce, et il faudra couvrir le sol.
– Le sol, dit la veuve, perdue dans ses pensées. Je l'avais complètement oublié, le sol. » Elle regarda Simon en esquissant un sourire un peu distrait. « Je crois qu'on en reparlera plus tard, dit-elle. Vous restez encore ce week-end à la maison ?
– Non, dit Simon. Je vais mieux, je n'ai plus de fièvre. Et puis, je ne peux pas laisser Mila toute seule plus longtemps. »

La veuve acquiesça. Son regard s'était de nouveau posé sur le mur.

« Il est déjà vieux, dit-elle. Mais quand les rayons de soleil l'éclairent, tôt le matin, on voit qu'il est finement gaufré. Il est encore beau, n'est-ce pas, Robert ? »

## 21

Tu l'as vu ? Blanc comme un linge. Carrément livide, et ces cernes qu'il a sous les yeux. Et puis maigre comme un coucou avec ça. Mais en fin de compte pas mal. Mieux qu'avant. Certains hommes, la maladie leur va bien. D'autres c'est la mort. Au premier abord on ne le reconnaissait pas. Il débarque comme un revenant et commence par vider les cendriers. Avant de dire bonjour. Un patron de café n'a pas besoin d'être poli. Il faudrait complètement cesser d'être poli, il faudrait dire la vérité. La vérité et la politesse s'excluent pour ainsi dire l'une l'autre. On n'en est pas là tout de même. Le principal, c'est d'avoir l'air aimable. Et tout le monde était content qu'il soit revenu. Mais qu'est-ce qu'il avait, finalement ? Une grippe ? En plein été ? Les gens n'ont plus aucune résistance. Je n'ai jamais été malade de ma vie. Même les accouchements ne m'en ont pas vraiment fait voir. Moi si. Ça m'a complètement déchirée là en bas. Les enfants je les ai payés cher, par des années de vie ! Ça, tu ne peux pas le savoir, sans les enfants tu serais peut-être partie depuis longtemps. Je vais te confier un secret : c'est juste pour rester jeune que j'ai eu les enfants.

Ce n'est pas un secret, on le fait toutes. Mais ça ne sert à rien. Pour arrêter le temps, tu fais des enfants, l'un après l'autre, et un beau jour ton giron est asséché. On ne peut pas arrêter le temps, voilà. J'ai mal au cœur. Eh bien cesse de boire autant de café. Depuis que j'y mets un doigt de cognac, je le supporte mieux. Tu vois, il y a une solution à tout. Maintenant, c'est Rudolf Kirchschläger qui est président. Il paraît qu'il prend tous les jours un bain de pieds dans de l'eau vinaigrée. Incroyable. J'aurais bien accordé encore un moment à Franz Jonas. Ça, c'était un homme bien. Maintenant il n'est plus rien. N'empêche que Kirchschläger est séduisant. Bien plus séduisant que Jonas. Il n'a pas de mal. Et pas de mérite. Le physique on n'y peut rien. Quand j'étais jeune, on m'a dit une fois : Chère demoiselle, vous êtes trop belle pour moi, je le sais, mais je tente tout de même ma chance, voulez-vous venir au cinéma ? Quelle ineptie ! Tu l'as envoyé promener ? Non, je l'ai épousé. Je n'ai jamais vraiment compris les hommes, mais j'aimais bien les avoir à mon côté. L'amour ne m'a jamais fait mal. Mon père disait toujours : les souffrances ne sont que les petits coups de griffe de la vie. Là où ça devient grave, c'est quand on cesse de les ressentir. Un homme intelligent, sauf qu'ensuite il s'est mis à boire. Les hommes intelligents se mettent à boire et les imbéciles te racontent un beau jour qu'ils voudraient revenir dans le sein maternel. Ou peut-être que c'est le contraire. J'ai perdu un peu le fil. Dans les deux cas c'est minable. Quand je ne comprenais pas un homme, je me contentais de sourire. Je crois que j'ai passé la moitié de ma vie à sourire. On boit encore quelque chose ? Bien entendu. Dieu soit loué, je commençais à m'inquiéter.

## 22

Au début de l'automne, Johannes Berg était attablé au café avec son père devant deux verres de soda-framboise. Le boucher avait un journal à la main, mais ne lisait pas, il regardait par l'embrasure de la porte la rue qui baignait dans la lumière jaune de l'après-midi. Il faisait chaud, une petite brise soufflait et le parfum suave des fleurs du lierre se mêlait aux effluves de viande, de poisson et de légumes. Johannes Berg épiait, les yeux mi-clos, les bruits qui leur parvenaient du marché : les voix des commerçants, le claquement des caisses de bière, le battement des seaux en tôle contre les hydrants, un flot d'eau éclaboussant le pavé.

Il avait confié quelques heures la boucherie à Tibor Fenek, un ouvrier désosseur qu'il avait rencontré aux abattoirs Sankt Marx. Tibor venait de la région de Heiligenbrunn, à la frontière hongroise, et savait manier la hache comme personne. Il découpait au gramme près, la sveltesse de sa silhouette en faisait la coqueluche des clientes, et il se désintéressait totalement de l'alcool, qui, disait-il, avait décimé son arbre généalogique. Le boucher pouvait compter sur lui. Tant que Tibor Fenek était derrière sa vitrine, libre à lui de faire ses courses, somnoler sur un banc au bord du canal du Danube ou faire un tour au marché avec son père.

« Oui, oui », disait son père, en posant des yeux vitreux sur la table au-dessous de lui. Sa figure de vieillard était tannée comme du cuir, ses mains noueuses comme les branches d'un arbre. Le boucher posa son journal et poussa son verre vers lui. « Bois, papa, dit-il, c'est frais et sucré. »

Son père prit le verre et but. Un mince filet de salive se détacha de la commissure de ses lèvres et vint tacher le col de sa chemise.

« Oui, oui, oui, oui. »

Le boucher lui essuya la figure avec son mouchoir. Puis il alla au bar, où Simon frottait les armatures avec une brosse de fer pour ôter le tartre.

« Donne-moi une bière, s'il te plaît. Ce truc sucré, ça ne fait qu'écœurer. »

Simon tira une bière en observant Johannes Berg, ses épaules lasses et ses cheveux courts en bataille, dont les pointes semblaient rougeoyer dans le rayon de lumière qui pénétrait par la porte ouverte.

Depuis la naissance de son fils, il avait perdu beaucoup de sa vigueur. Le petit Johannes était venu au monde tout jaune avec le foie fragile, ses trois premières années n'avaient tenu qu'à un fil tendu entre la vie et la mort. Et pendant cette période, la femme du boucher s'était franchement épanouie, le malheur qui était advenu en même temps que le petit avait donné à sa vie une intensité qu'elle n'avait jamais connue jusque-là. Elle avait atteint l'âge où l'on n'attend plus d'enfants et senti poindre l'angoisse de voir bientôt son être se déliter à jamais dans l'insignifiance. Elle voulait qu'on ait besoin d'elle, et avec le petit Johannes, ce souhait avait trouvé une forme et un but. Le foie atrophié du petit et la couleur de son visage, qui lui rappelait le jaune habsbourgeois des anciennes villas impériales, lui donnaient la vigueur et la force d'âme qui lui avaient manqué si longtemps. Soudain elle prenait de nouveau plaisir à sortir de chez elle pour faire des courses ou des démarches, et quand elle poussait le landau dans le parc de l'hôpital pendant les douces soirées estivales, elle sifflait les airs qu'elle avait entendus dans la journée à la radio du bureau des infirmières. Si étrange que cela puisse paraître, les années qui suivirent cette naissance furent à la fois les plus terribles et les plus heureuses de sa vie.

Quand il alla sur ses trois ans, l'état de santé de Johannes commença à s'améliorer. Sans que les médecins aient changé quoi que ce soit à son traitement, il semblait qu'un germe de santé eût éclos au tréfonds de l'enfant. Johannes apprit à marcher et à parler. Il parcourait les couloirs sur ses jambes encore branlantes ou jouait en bas dans l'herbe du parc aux pieds de sa mère avec des galets ou de petits osselets de lapin que son père lui rapportait du travail.

Bientôt il put quitter l'hôpital. Son foie se rétablit, et bien qu'il demeurât un peu jaune de teint et dût de temps en temps garder longuement le lit dans les mois d'hiver, il put aller au jardin d'enfants et deux fois par semaine à la gymnastique douce.

La femme du boucher se réjouissait visiblement que son enfant se développe. Mais en son for intérieur l'édifice de force et d'utilité maternelles péniblement érigé, qui avait donné sens à son existence, commençait à s'effriter. Tout à coup, la vie qu'elle menait lui sembla médiocre, dépourvue d'intérêt. Une lassitude générale s'empara d'elle. À peine levée le matin, elle se sentait engourdie et fatiguée. Parfois, quand elle s'attardait au lit et épiait les bruits qui venaient des autres chambres, elle ne pouvait se défendre de l'idée que la vie lui avait insidieusement filé sous le nez. Et qu'elle n'avait plus d'emploi en ce monde.

Le quotidien l'épuisait de plus en plus, et même le pique-nique hebdomadaire du Augarten, qui lui plaisait tellement autrefois, l'été, ne parvenait plus à la sortir de sa léthargie. Elle observait avec défiance le petit Johannes courir à l'ombre des arbres, s'ébattre dans la prairie et se laisser sans cesse choir sur le dos dans l'herbe, les bras écartés.

« Il va se casser quelque chose, disait-elle. Ou attraper un autre mal, il n'est pas fait pour ce genre de gamineries. »

Puis, d'autres fois, elle devenait euphorique. Elle entreprenait de longues promenades dans le centre-ville, d'où elle rapportait des présents : des boucles de ceinture et des rubans chatoyants pour les filles et de petites figurines colorées pour le petit. Dans la cuisine elle mettait la radio très fort et accompagnait à tue-tête les tubes de Waterloo & Robinson ou des Rubettes qui passaient. Elle avait l'air heureuse, elle débordait d'énergie, mais, de temps à autre, elle regardait Johannes, une frayeur glaçante passait dans son regard et ne se dissipait que lorsqu'il lui demandait quelque chose ou tendait la main pour la toucher.

À son premier jour d'école, elle fut malade. Elle n'avait pas de fièvre, mais se plaignait de maux de tête et d'un « étau de fer qui l'empêchait de respirer ». C'est le boucher qui accompagna Johannes à l'école. Il lui acheta une limonade et essuya les larmes de ses joues au moment des adieux. Quand il rentra à la maison, il trouva sa femme au lit en train de pleurer. Il lui demanda ce qu'elle avait, et elle se borna à détourner la tête en silence vers le mur. Un peu plus tard il lui apporta un plateau avec du thé et des biscuits, mais elle fit semblant de dormir. Pendant un moment il resta à côté de son lit, puis il alla à la cuisine et se mit à casser la vaisselle. Les assiettes, les unes après les autres, les plats, les verres, les tasses, tout ce qui s'était accumulé pendant l'éternité de leur mariage alla se fracasser sur les carreaux noirs et blancs du sol de leur cuisine. Et il ne s'arrêta pas lorsque sa femme commença à crier dans l'embrasure de la porte, ni quand elle se jeta dans ses bras, en tentant de lui soustraire au moins le grand plat de porcelaine hérité de sa mère. Il la repoussa sans ménagement, et ce fut comme si, en même temps qu'il se dégageait d'elle, il se délestait de tous les efforts, tout le poids et les soucis de ses dernières années.

Mais ce ne fut qu'un bref moment de libération. L'après-midi même, il regrettait déjà son accès de fureur et s'excusait auprès de sa femme. Elle lui pardonna en silence et fila au septième district acheter de la vaisselle et un service de verres chez Herzmansky. Le soir ils dînèrent tous ensemble, et le petit Johannes raconta son école. Il était placé au deuxième rang, à côté d'un gros garçon nommé Peter, qui avait fait dans ses culottes dès la première heure, parce qu'il n'avait pas osé lever la main. La maîtresse ne s'était pas aperçue de l'incident. Elle leur avait apporté des cahiers bleus, dans lesquels ils pourraient coller des étoiles dorées les jours suivants. Elle s'appelait madame Tomicek, elle avait des cheveux gris ramenés en une petite tour au sommet du crâne et c'était la plus belle femme qu'il eût jamais vue.

Un peu plus tard, quand les enfants et le grand-père furent couchés, le boucher et sa femme regardèrent un film policier à la télévision. Elle avait quasiment l'air de bonne humeur. Rien ne rappelait l'abattement de ces derniers temps, et quand l'assassin se fit arrêter, elle partit de ce rire clair d'enfant qu'elle avait autrefois.

Le lendemain matin, elle dormit plus tard que d'habitude. Elle prit son petit déjeuner, le menton appuyé sur le poing, en regardant par la fenêtre les étincelles pleuvoir des fils aériens du tram qui mugissait. À partir de ce moment, elle ne quitta plus la maison que pour faire des courses ou aller chez le médecin. Elle passait beaucoup de temps à faire des mots croisés, préparait d'épaisses soupes au gruau et briquait tous les jours la salle de bains au vinaigre blanc. Elle restait des heures devant la radio à écouter les émissions d'actualité et les débats. Le soir, elle faisait manger les enfants, les mettait au lit, et dès qu'ils dormaient, allumait la télévision et se lovait dans une douce couverture de laine, jusqu'à ce que l'hymne national annonce la fin des programmes et qu'elle aille au lit, où son mari dormait depuis longtemps.

Le père du boucher était toujours assis à sa table, immobile, les yeux baissés sur son soda-framboise : « Oui, oui, oui, oui. »

Dehors le vent souffla quelques feuilles sèches sur le trottoir. Elles restèrent un moment devant le seuil de la porte, avant d'aller rouler plus loin dans un bruit de froissement. Mila et Rose Gebhartl étaient assises à une table près de la fenêtre. Rose avait l'air très énervée. Le buste penché en avant, elle déversait sur Mila un déluge de paroles. Et brandissant ses lunettes d'une main, elle désignait sans cesse de l'autre quelque chose vers le marché.

Le boucher finit sa bière et revint à sa table. Il se pencha sur son père et lui passa la main dans les cheveux.

« Allons-y, papa », dit-il.

Il aida son père à se lever, et ils sortirent ensemble dans la rue. Il fit encore un bref signe de tête à Mila et à Rose, puis ils tournèrent vers la gauche, bras dessus, bras dessous, contre le vent qui leur soufflait la poussière dans les yeux.

# 23

La porte s'ouvrit à toute volée et Heide Bartholome fit irruption dans le café. Elle se posta, hors d'haleine, au milieu de la salle, et regarda autour d'elle.

« Qu'est-ce qu'il y a, Heide ? demanda Simon.

– Où est-il ? dit-elle. Où est-ce qu'il s'est caché, ce salopard ? » Sa voix s'étranglait. Sa coiffure était défaite, ses cheveux clairsemés retombaient en désordre sur sa figure.

« Il n'est pas là, dit Simon.

– Boucle-la, dit-elle. Il se planque dans les toilettes tellement il a la frousse.

– Tu peux vérifier, si tu veux », dit Simon.

Le regard de la crémière le traversa sans le voir, obstinément fixé sur la porte des toilettes. Puis elle se mit à crier. « Je n'en peux plus, c'est insupportable ! » Un instant, on eût dit qu'elle allait perdre l'équilibre. Elle fit un pas chancelant de côté, mais se rétablit et, l'esprit ailleurs, passa et repassa les mains sur ses hanches.

« Je comprends, dit-elle à voix basse, le regard dans le vide. C'est mon affaire à moi, rien qu'à moi, en effet. »

D'un geste rapide, elle chassa une mèche de cheveux qui lui barrait le front, tourna les talons et marcha vers la porte.

« C'est toujours la même chose, dit Mila qui nettoyait les salières, assise en bout de comptoir. Régulièrement ça le reprend et il faut qu'il en drague une autre. Là-bas au Prater ou au marché ou à l'usine de fil. Depuis qu'elles savent que l'usine va fermer, les filles sont prêtes à se raccrocher à n'importe quel type.

– L'usine, ce ne sera pas une perte, dit une petite femme aux dents gâtées, attablée devant un café. Dans le hall des machines, il y a autant de courants d'air qu'à la gare de l'Ouest et les vapeurs de la teinturerie empoisonnent toute la région. Les filles arrivent de leur province, les joues roses et les cheveux brillants, et à peine trois mois plus tard, on les voit se faner les unes après les autres.

– On devrait raser l'usine et construire des logements à la place, dit Mila. Il faut bien que les travailleurs immigrés habitent quelque part, en fin de compte.

– Il y en a de plus en plus. Tant qu'ils ne nous ôtent pas le pain de la bouche, ils peuvent habiter où ils veulent, en ce qui me concerne, dit la femme à la table. De toute manière on construit à tour de bras. On voit des chantiers à tous les coins de rue. Partout de la poussière, de la saleté, du bruit.

– La ville se réveille, dit Simon. C'est ce qui est marqué sur les affiches en tout cas. Ce n'est pas forcément un mal. »

Tout le monde se tut un moment, et Simon pensa à Heide Bartholome et à Micha le peintre. La scène de Heide n'avait surpris personne. Pas plus tard que la semaine précédente, elle avait cherché Micha à grands cris dans tout le quartier, persuadée qu'il avait « donné rendez-vous à une catin dans une entrée d'immeuble ». Et elle avait réellement fini par le débusquer avec la femme d'un livreur du marché, sur un banc de la Rebhanngasse où ils contemplaient le coucher de soleil au-dessus du chantier de la gare du Nord-Ouest. Elle les avait attaqués par-derrière et, d'un crochet magistral, avait brisé le nez de la femme. Puis il y avait eu des corsages déchirés et des mouchoirs ensanglantés, les cris des gens du quartier qui accouraient, et un hurlement de douleur continu qui rappelait la sirène.

Une autre fois, elle l'avait surpris à Brigittenau avec une secrétaire de la voirie municipale. Elle avait traîné la femme par les cheveux sur le trottoir jusqu'au carrefour suivant, où elles s'étaient roulées dans la poussière, agrippées l'une à l'autre. En tentant de les séparer, Micha avait attrapé le pied de Heide, dérapé et encaissé un coup en pleine figure.

« Je te l'ai dit ! criait-elle. Je te l'ai toujours dit, sale fils de pute.

– Je t'aime, criait Micha en tâtant l'intérieur de sa bouche pour vérifier l'état de ses dents.

– Vous êtes fous à lier », hurla la secrétaire en regrimpant sur le trottoir à quatre pattes.

Et c'était la vérité : la crémière et le peintre étaient fous. Ils étaient un vivant exemple des dégâts que peut faire l'amour. Nul ne comprenait ce qu'ils se trouvaient vraiment l'un à l'autre, pour quelles obscures raisons il ne l'avait pas larguée une bonne fois depuis longtemps, ni pourquoi elle finissait toujours par lui pardonner ses infidélités. Les gens assistaient au spectacle impudique de leurs engueulades et de leurs bagarres, à leurs humiliations et réconciliations publiques, avec un mélange de répulsion et de secrète excitation, et cette satisfaction qu'on ressent à voir autrui vivre des passions qui vous sont à vous refusées.

Le soir même du pugilat avec la secrétaire de la voirie, Heide et Micha étaient, contre leur habitude, venus ensemble au café. Ils étaient restés une demi-heure assis en silence l'un à côté de l'autre, jusqu'à ce que Micha laisse échapper un profond soupir. Puis il avait posé sa tête sur l'épaule de Heide et s'était mis à pleurer.

Cela se passait à l'automne de l'année précédente, mais Simon avait l'impression que c'était hier. Avec une étrange netteté, comme si, émergeant de la brume de ses souvenirs, l'image était soudain passée au premier plan, il les voyait tous les deux assis à la fenêtre : le dos secoué de Micha et sa tête blottie contre l'épaule de Heide, dont les doigts lui caressaient inlassablement les cheveux, comme on le fait pour endormir les petits enfants.

Mila en avait terminé avec les salières, elle glissa de son tabouret et alla faire sa ronde dans le café. Elle passa un coup de chiffon sur les tables, échangea quelques mots avec les ouvriers qui buvaient leur bière, le visage couvert de poussière, et remplit le verre d'eau d'un client occupé à des mots croisés. Deux jeunes filles qui se partageaient un jus de pomme depuis une heure, en papotant à voix basse avec animation, lui réclamèrent une cigarette.

La petite femme aux dents gâtées demanda l'addition, paya et s'en fut.

Dehors la nuit tombait lentement. Simon plia son torchon et sortit sur le seuil. D'une fenêtre de l'immeuble d'en face leur parvenait une musique exotique. Jusqu'à récemment, beaucoup d'appartements étaient restés inoccupés, maintenant ils étaient habités par des étrangers, des travailleurs venus de Yougoslavie et quelques Turcs. Deux petits garçons s'approchaient sans se presser. Ils s'arrêtèrent au distributeur de chewing-gums du coin de la rue et glissèrent des pièces dans la fente. Quelque chose en tomba, que l'un des garçons ramassa. Soudain, l'autre donna de toutes ses forces un coup de pied dans la machine. Il y eut un bruit métallique, les gamins crièrent et déguerpirent en riant. Un vent tiède se leva, apportant quelques gouttes de pluie éparses.

Un homme arrivait de la Sperlgasse. Il marchait au milieu de la rue vers le marché, essoufflé, à pas rapides et heurtés. De la Leopoldsgasse, d'autres gens affluaient en courant. Une femme s'arrêta devant la boucherie et tourna plusieurs fois sur elle-même. Elle mit les deux mains devant sa bouche en porte-voix et cria : « Où es-tu ? Mais où es-tu ? » Une voix répondit quelque chose d'inintelligible, et la femme se remit en marche.

À cet instant une fenêtre s'ouvrit brutalement bien au-dessus de Simon, et la tête de Kostya Vavrovsky apparut.

« Le marché brûle ! cria-t-il. Là-bas derrière, vite ! »

Son bras resta tendu un moment à la fenêtre, un trait sombre qui barrait le ciel nocturne. Simon se mit à courir.

Il enfila à toute allure les ruelles du marché en direction du sud. Devant la poissonnerie de Wessely, on entendait déjà crépiter les flammes. Une lueur rouge planait sur les toits bas, au-dessus d'elle des étincelles jaillissaient çà et là dans le ciel, puis s'éteignaient. À la dernière rangée avant la Krummbaumgasse, Simon s'arrêta. L'espace entre les boutiques s'élargissait là, en dessinant une petite place au milieu de laquelle flambait l'incendie. C'était un bûcher de bois et de papier. Ses flammes s'élevaient hautes et claires, partout voletaient de petits lambeaux embrasés. Apparemment le feu n'avait pas encore gagné les boutiques voisines. Les gens allaient et venaient à toute vitesse, armés de seaux, d'arrosoirs et de récipients divers. Un homme avec canne et chapeau sautillait comme un grand enfant malhabile, en tentant de piétiner les éclats de braises que le vent poussait sur le pavé. Il pleuvait plus fort à présent, de légers sifflements et des chuintements se mêlaient aux craquements du feu. Comme tiré par une force invisible, un carré clair s'éleva des flammes et se redressa lentement. C'était un portrait de femme, dont le visage s'éveilla un bref instant à la vie dans la lueur rouge, avant de s'embraser et de s'évanouir en une brève explosion silencieuse. Simon retira son tablier et tenta d'écraser les langues de feu qui s'échappaient du foyer comme de petits animaux. Les yeux en feu, il frappait et fouettait le sol. Il distingua d'autres toiles entamées par les braises ou déjà complètement noircies. Une peinture fusa en l'air dans un jet de flammes, à côté d'elle une autre gisait dans la cendre, complètement intacte, une ruelle du marché avec la boucherie en arrière-plan, mais, quand il s'en empara, elle s'enroula sur elle-même, ses couleurs foncèrent, et elle se mit à fumer doucement.

Soudain Micha fut là. Dans ses mains, il tenait une toile semée de trous incandescents pareils à des fleurs liserées de rouge. Avec un cri de douleur il la rejeta au feu, puis il se baissa et se mit à fouiller la cendre à deux mains.

« Arrête ! dit Simon. C'est trop tard. »

Micha releva la tête et le dévisagea. La lumière louvoyait dans ses yeux comme dans deux gouttes d'eau tremblantes. « C'était elle, dit-il. C'est elle qui a fait ça. »

Le bruit du feu s'était un peu atténué. Dans la Leopoldsgasse, le rugissement des sirènes de pompiers se rapprochait. Leurs voitures tournèrent en trombe au coin de la rue et pilèrent derrière la crèmerie de Heide. Dans la pluie qui tombait plus dense maintenant, avec leurs bottes noires et leurs casques brillants, les hommes floutés par les nuages de fumée se mouvaient comme dans un rêve. Simon entendit une voix près de son oreille, puis il sentit qu'on l'attrapait par l'épaule et le tirait en arrière. Du coin de l'œil, il vit Micha se laisser tomber dans la cendre, tête la première, avant d'être attrapé, lui aussi, et éloigné.

## 24

C'EST À PEU près à cette époque-là que Simon s'aperçut que son rythme de vie s'était bizarrement altéré ou déformé. Alors que les journées paraissaient se dilater et s'étirer de plus en plus, les années passaient comme l'éclair, ne lui laissant guère que quelques souvenirs éparpillés. Pendant ses matinées libres du mardi, qu'il passait souvent au lit, recru de fatigue, il repensait à la période des débuts.

En dépit des doutes et des difficultés qui l'assaillaient alors parfois, un avenir riant s'ouvrait encore à lui. Simon le voyait dans son café qui développait peu à peu une sorte de personnalité et, au dire de Mila, quelque chose comme une âme. Le sentiment de ses insuffisances lui avait parfois ravi le sommeil et fait regretter la plaisante légèreté de ses années de jeunesse, les flâneries sans but dans la ville qui se rétablissait lentement et émergeait petit à petit des décombres. Mais ça ne l'empêchait pas d'être très confiant. Avec l'essaim de moucherons tapi derrière le comptoir, il avait chassé les vieux fantômes et ouvert la porte à quelque chose de neuf, une force insoupçonnée l'avait envahi et, depuis lors, jamais quitté.

Les affaires n'étaient pas vraiment prospères, mais ça n'avait rien de déshonorant. Seulement il sentait depuis quelque temps croître en lui un certain vide. Avec le café il avait réalisé un rêve, et il prenait maintenant conscience du fait tout bête que, lorsqu'il se réalise, le rêve disparaît. Aux espérances confuses mais non moins vastes des débuts s'étaient substitués de petites attentes et de petits soucis : les relances de Kostya Vavrovsky pour les impayés, les factures exagérées des livreurs, les tuyaux de la tireuse qui éclataient, les heures de l'après-midi qui s'étiraient péniblement l'hiver, et les chiures d'oiseaux qui criblaient la terrasse d'une multitude de taches blanches l'été. C'était pénible, c'était usant, mais, chaque fois qu'il tentait de s'imaginer une vie différente, il arrivait à la conclusion qu'il ne s'était finalement pas si mal débrouillé de la sienne.

Il était content de son sort. Et pourtant il y avait un désir qui, telle une braise sous la cendre, couvait depuis longtemps dans son cœur.

Dans sa jeunesse, l'amour avait été pour Simon quelque chose de parfaitement insaisissable, un état auquel on se retrouvait livré pieds et poings liés, qui vous mettait la confusion dans l'âme et le corps constamment en alerte. Les récits des sœurs de la Miséricorde l'avaient toujours laissé perplexe, qui vous présentaient l'amour comme une chaude pluie d'été ruisselant sur tout et tout le monde, et dans laquelle vous pouviez vous prélasser à loisir sans jamais vous mouiller. Déjà, sa première expérience en la matière s'était déroulée fort différemment. C'était peu avant son seizième anniversaire, il venait juste de terminer l'école, se rasait la figure tous les dimanches, mais, par beau temps, portait encore des culottes de peau, trop serrées à l'entrejambe, mais bien trop larges aux hanches. Alors qu'il déambulait un matin aux alentours des grands chantiers du Praterstern pour trouver de l'embauche, il fut abordé par une femme adossée, jambes croisées, à une gouttière à côté de la fenêtre d'un bar aux rideaux jaunes de nicotine.

« Viens là, dit-elle. Je vais te montrer quelque chose. »

Elle était plus grande que lui et portait un gilet en tricot, ouvert sur un chemisier de soie et une courte jupe de cuir vert olive. Ses jambes minces étaient blanches, au genou droit elle avait une éraflure à peine refermée, en forme de triangle étiré. Son œil gauche était bleu et enflé. Sa bouche cernée de petites rides qui sillonnaient bizarrement sa peau lorsqu'elle parlait. « Oui, oui, vas-y, regarde bien », dit-elle.

Elle extirpa de la poche de son manteau des allumettes avec un paquet de cigarettes et en alluma une. En même temps, elle continuait à parler, et le jeune Simon avait l'impression que les petites rides dansaient autour de sa bouche. « Les guêpes sont complètement folles en cette saison, dit-elle en désignant son œil enflé. Il y en a une qui s'est posée exactement là. Tu veux voir la piqûre ? »

Le jeune Simon secoua la tête : « Je ne crois pas, dit-il, il faut que j'y aille.

– Attends. » Elle balança sa cigarette dans la rue d'une chiquenaude et fit deux pas vers lui. « Tu as quel âge ?

– Je vais avoir seize ans. La semaine prochaine.

– Ça tombe bien, dit la femme. J'ai un cadeau pour toi.

– Quoi donc ?

– Là-dedans. » Elle lui prit la main et la posa contre ses seins. « C'est encore tout chaud. Tu le sens ? »

Il hocha la tête, un peu angoissé. On aurait vraiment dit que l'étoffe du chemisier lui brûlait la paume.

« Tu as combien d'argent sur toi ? demanda-t-elle à voix tellement basse qu'il eut du mal à comprendre.

– Dix schillings. »

Elle rejeta ses cheveux sur ses épaules d'un brusque mouvement de tête et le considéra fixement. Un instant, il eut le sentiment qu'elle allait le planter là. Mais elle se repencha sur lui et lui chuchota à l'oreille : « On n'a pas encore de poils entre les cuisses et on court déjà l'aventure, je me trompe ? Mais qu'est-ce que tu attends donc de ce monde ? » Son souffle était chaud et humide, et il sentait l'odeur de sa peau, un mélange de sueur et de parfum douceâtre. « Bon, allez, donne-moi tes dix schillings. Mais il faut me promettre d'en avoir un peu plus la prochaine fois, viens maintenant. »

Après coup Simon ne se souvenait plus très nettement de ce qui s'était passé dans l'entrée de la maison à côté du bar, dans un coin sombre entre les poubelles et les planches d'un réduit tapissé d'un papier charbonneux. Il savait qu'il lui était arrivé une chose sur quoi il ne pourrait plus revenir. Quelque chose avait été irrémédiablement perdu. Pourtant il ressentait une intense jubilation. Comme si, en l'espace d'un quart d'heure, il avait laissé derrière lui une fois pour toutes ses culottes courtes et son enfance.

Il ne revint plus voir la femme et, quand il eut affaire dans le coin, bien des mois après, à la place de la maison avec le bar, il trouva une grosse excavation dont une pelleteuse creusait le fond et où des hommes soudaient d'immenses grilles de métal dans une pluie d'étincelles.

Jusqu'à sa trentième année, la vie gratifia Robert Simon de quelques rares aventures et de quelques brèves relations amoureuses. Contrairement à la plupart des jeunes gens qui traînaient sous les lampions du Prater après le travail, il était plutôt timide. Il avait du mal à discipliner ses membres en dansant et il était incapable de se rappeler un bon mot. Mais il savait écouter les filles causer, en les regardant dans les yeux, et ça l'aidait à s'y retrouver un peu dans leur monde. Il lui paraissait quelquefois incroyable que des femmes restent avec lui et rient en lui effleurant le bras du bout des doigts. L'intérêt qu'elles lui témoignaient les lui rendait moins étrangères, moins insondables – pourtant aucune de ces aventures n'avait duré plus de quelques mois. Il aimait passer du temps avec les femmes, mais leurs souhaits et leurs rêves étaient à des lieues de lui. Et l'idée d'aller flâner chaque dimanche bras dessus, bras dessous au Augarten jusqu'à la fin de ses jours lui gâtait carrément l'humeur. De toute manière, depuis l'ouverture du café, il avait d'autres soucis. Et il était bien content que personne ne l'attende, quand il rentrait à la maison tard le soir, perclus de fatigue, de pouvoir se retourner tout seul dans son lit et s'étaler sur toute la largeur s'il en avait envie.

Mais, certaines nuits, quand les derniers clients avaient disparu et qu'il regardait la rue du seuil de sa porte, il se disait que ce ne serait pas si mal d'avoir quelqu'un auprès de soi, le cas échéant. Quelqu'un avec qui on serait, tout simplement, sans chercher autre chose que cela, juste cela.

« Je ne peux pas dire que je sois expert en la matière, dit le boucher, à qui il s'en ouvrit un beau jour. En fin de compte je suis peut-être même le dernier à pouvoir te donner un conseil. Mais si tu veux absolument avoir mon avis, tu ne devrais rien faire du tout. Ça va, ça vient, ces choses-là, on n'y peut rien.

– Qu'est-ce que tu veux dire ?

– Je veux dire qu'on est tous des idiots face à l'amour », conclut le boucher.

Cette nuit-là, Simon rêva que son café était un trou noir dans lequel il croupissait, en attendant les premières lueurs du jour. L'obscurité était totale. Il allait se lever et se mettre en route, quand une minuscule lueur surgit au-dessus de sa tête et descendit vers lui, en esquissant des cercles oscillants, de plus en plus vastes. C'était une phalène, qui se posa sur le dos de sa main, remua ses ailes brillantes, une fois, deux fois, puis s'éteignit. Et en même temps que l'obscurité tombait de tout son poids sur lui, Simon commençait à courir.

# 25

« Asseyez-vous », dit Toni Morandino en leur désignant le canapé de cuir élimé contre le mur. Mila et René s'enfoncèrent dans les coussins avachis et regardèrent autour d'eux. La pièce, basse de plafond, était exiguë. Deux néons, une armoire à dossiers, deux chaises, un vieux bureau noir. Aux murs on avait collé les affiches des grands combats. Sur l'une d'elles figurait René, au deuxième rang, derrière Georg Blemenschütz. Il serrait les poings, bouche béante, défiguré par un rictus de brute. La fenêtre donnait sur un mur pare-feu. La vitre était poussiéreuse, les stores usés, pâlis.

Assis derrière son bureau, Morandino triturait les poils du dos de sa main. Il avait quelques années de plus que René, il grisonnait et son nez d'ancien boxeur avait encaissé plusieurs fractures, il arborait un costume bleu clair finement gaufré, sa chemise était ouverte jusqu'à la poitrine, son cou large et luisant sous une fine couche de sueur.

« Ça faisait longtemps, Mila, dit-il. Comment ça va ? »

Mila haussa les épaules. La voix de Morandino la surprenait. Elle ne l'avait jamais entendue que sur le ring, où il devait crier pour se faire comprendre. À présent sa voix était basse et paisible, sans l'enrouement hystérique qui la faussait d'habitude.

« Ça va, je crois.

– Ça me fait plaisir, dit Morandino. Ça me fait réellement plaisir, sincèrement.

– Qu'cst-ce que tu veux, Toni ? » dit René.

Morandino s'éclaircit la gorge et jeta un bref regard à Mila.

« Il n'y a pas de problèmes, dit René. Elle et moi, c'est pareil. Dis ce que tu as à dire. »

Morandino le fixa un moment. Puis il se rencogna dans son fauteuil, ouvrit un tiroir et en sortit un mince dossier qu'il lança sur le bureau.

« Tu sais ce que c'est ?

– Mon contrat.

– On l'a signé il y a douze ans. À l'époque tu étais un nobody. Un tas de muscles, mais rien derrière. Avec ce contrat, tu as commencé à exister. Il a fallu que je te lise les paragraphes un à un, pour que tu les comprennes. Je n'étais pas obligé. Mais je l'ai fait. Et tu sais pourquoi ? »

René secoua la tête.

« Parce que je pensais que tu avais un potentiel. Ce type, on peut en faire quelque chose, je me suis dit. Tu aurais pu décrocher dix ceintures, si tu n'avais pas été fichtrement fainéant. Les gens t'aimaient.

– Ils m'aiment toujours.

– Que tu crois. Tu les laisses froids. Tu es devenu lent. Deux fois tu as failli nous saboter complètement le show.

– Ça s'est toujours bien terminé.

– Pourquoi n'étais-tu pas à l'entraînement, hier ? Tu as une mine de déterré. Tu te figures que je ne vois pas ce qui se passe ? Tu me crois idiot, René ? Tu penses qu'on peut me faire prendre des vessies pour des lanternes ?

– Absolument pas.

– Pourquoi viens-tu saoul au combat ? Ça peut être dangereux, ce genre de choses, tu le sais.

– J'avais bu deux bières, c'est tout.

– Arrête de me mentir.

– Je ne te mens pas.

– Tu n'as pas l'air de piger. Je te vire. On arrive aux combats d'équipe. Au tournoi final. Blemenschütz a un nouveau sous la main, qui est parfait. Le plus beau salaud que j'aie jamais vu. Et bosseur. S'il continue, dans trois semaines il a intégré le show.

– C'est une grande gueule. Il ne le fait pas. Moi je le fais encore, tu le sais bien.

– Non, justement, je n'en sais rien, nom de Dieu ! »

Il y eut un moment de silence. Dans la pièce on n'entendait que le sifflement régulier qui émanait du nez cassé de Morandino.

« On est en train de se reprendre, dit Mila, qui était restée sans broncher à côté de René. On a eu une période difficile, mais c'est fini, maintenant.

– Ne t'en mêle pas, dit René. Tu crois que je ne peux pas me débrouiller tout seul ou quoi ?

– Apparemment elle te connaît mieux que tu te connais, dit Morandino.

– N'importe quoi », dit René en se levant. Il fit un pas, puis s'arrêta au milieu de la pièce.

« Vous ne savez pas ce que c'est, dit-il. Dix mille personnes autour de toi et tu es complètement seul. Tu les entends hurler et tu sens l'odeur de l'autre, sa sueur et l'huile. Le soleil te crame la tête, tout ton corps te fait mal, mais tu sais que tu dois le faire, là, maintenant.

– Qu'est-ce que tu me chantes, dit Morandino. Je suis monté dix ans sur le ring et j'ai pris des coups. C'est comme ça que ça marche, le show, point. Le type qui ne joue pas le jeu, on le lourde. Ce n'est pas plus compliqué que ça. »

René hocha la tête. Il resta planté là un moment, les épaules basses, à regarder par la fenêtre, où les ombres grises des nuages couraient au-dessus du mur pare-feu. Puis il se secoua, se redressa, se retourna vers eux et regagna le canapé, sans se rasseoir.

« Je vais revenir à l'entraînement et m'y coller pour de bon, dit-il. Je te le promets. J'ai réfléchi à quelques trucs. Tu peux m'envoyer Bernie, on a besoin d'un après-midi, pas plus. C'est un sacré bon numéro, tu verras. »

Morandino ne répondit pas. Son regard restait rivé sur le visage de René ; ses doigts se promenaient sur la surface de la table en suivant les motifs et les fissures du bois.

« Vous n'avez pas entendu ? dit Mila dans le silence. Il ne peut pas dire mieux… »

En rentrant à la maison, Mila et René n'échangèrent pas un mot pendant un bon bout de temps. Ce n'est qu'après avoir traversé la Praterstrasse et bifurqué dans la petite Rotensterngasse que René rompit le silence : « Je n'aurais pas dû te parler comme ça. J'étais nerveux, ça m'a échappé bêtement. Je regrette.

– Ce n'est pas grave, dit Mila. Je n'ai pas vraiment fait attention.

– Je suis un idiot.

– Oui, c'est vrai.

– On va boire une bière ? Juste une petite contre la soif. J'ai la gorge toute sèche après tous ces discours. »

Mila le regarda, incrédule. Puis elle passa son bras sous le sien. « J'ai prévu autre chose. Viens. »

Ils prirent la Weintraubengasse et la petite Stadtgutgasse pour gagner l'appartement, mais, avant de tourner dans la Aloisgasse, Mila s'arrêta et leva la tête vers la façade jaune de l'hôtel Wilhelmshof.

« De notre chambre à coucher, en voyant ces fenêtres éclairées, je me suis toujours demandé ce que ça ferait d'y passer la nuit, dit-elle. Imagine, ils ont des armoires jusqu'au plafond, un téléphone à côté de chaque lit, et des lampes qui datent soi-disant du temps de l'Empereur.

– Possible, dit René. Mais maintenant je veux rentrer. Puisqu'on ne peut plus boire un verre, je veux au moins dormir. Je suis fatigué.

– Aujourd'hui, on dort là.

– Comment ça ?

– Hier je nous ai réservé une chambre. Avec salle de bains et petit déjeuner de sept à dix heures.

– Mais qu'est-ce que ça veut dire ? Déjeuner à dix heures, non mais je te jure ! En plus, on n'a pas les moyens de ce genre de choses. Ça doit coûter une fortune.

– J'ai payé, dit Mila. Ne me gâche pas mon plaisir. »

La chambre était au troisième étage, exactement en face de leur logement. Une pièce petite, mais claire, joliment meublée. Les draps étaient d'un blanc éclatant, et il y avait deux petits chocolats enveloppés dans du papier d'argent sur les oreillers. Le tapis était épais, moelleux, et sur une petite table était posée une carte pour l'information des clients en quatre langues différentes.

« C'est encore plus beau que je me l'étais figuré », dit Mila.

René inspecta la salle de bains à carreaux jaunes et verts, essaya le séchoir à cheveux, et ouvrit l'armoire, qui allait réellement jusqu'au plafond. Il approuva d'un signe de tête le contenu du réfrigérateur encastré en découvrant la bière et les mignonnettes de schnaps derrière les barres chocolatées et, quand il se tourna vers Mila, la tension dans son visage avait cédé. Il souriait.

« Tu as raison, dit-il. C'est vraiment très bien. »

Mila remonta chez eux prendre leurs brosses à dents, leurs pyjamas et des affaires pour le lendemain. En reparcourant les quelques mètres qui la séparaient de l'hôtel, elle se sentit bizarre. Elle se faisait une joie de passer la nuit dans la chambre étrangère, mais en même temps elle avait mauvaise conscience. Comme si elle reniait son monde à elle.

Quand elle revint, René était assis sur le lit, un petit sourire sur la figure.

« Il y a une femme qui a frappé et demandé si on avait besoin de quelque chose, dit-il. Comme avec les gens distingués.

– Mais c'est ce qu'on est », dit Mila en l'enlaçant. Il sentait un peu le schnaps et, en l'embrassant, elle se demanda s'il avait empoché les petites bouteilles ou s'il les avait glissées sous le lit.

« Ressortons, dit-il, allons dehors. La soirée est si belle. Et puis j'ai faim. »

Ils flânèrent dans la Blumauergasse et la Taborstrasse jusqu'au canal du Danube, où un vent chaud leur souffla au visage. Ils marchaient l'un à côté de l'autre, étrangement inhibés, en silence et sans se toucher, comme autrefois quand ils avaient fait connaissance. Ils mangèrent des côtelettes et des légumes dans un petit restaurant, et Mila vit René dévorer sa viande comme s'il n'avait rien avalé depuis des jours.

« Commande-toi une bière, dit Mila. Une, ça ne peut pas faire mal. »

Quand ils se retrouvèrent dans la chambre, un peu plus tard, elle lui parut plus petite, plus miteuse qu'à la lumière du jour. Le tapis sous ses pieds nus lui répugnait, et en écartant le rideau pour entrouvrir la fenêtre, elle découvrit sur le sol une petite touffe de cheveux gris emmêlés. Elle se glissa dans sa chemise de nuit, éteignit la lumière et se glissa à côté de René dans le lit.

« On dort ? demanda-t-elle.

– Oui.

– Tu veux peut-être qu'on parle encore un peu ?

– De quoi donc ? »

Il était couché sur le dos, le visage tourné de côté, les bras croisés derrière la nuque. Elle n'avait jamais compris qu'on pût s'abandonner ainsi à la nuit, avec cette confiance. Elle-même dormait en général sur le côté, enroulée comme les chats, un pan de couverture entre les genoux. Dans la chambre voisine, un coup ébranla le mur. Une voix de femme glapit, plus loin un téléphone sonna.

« J'ai l'impression d'être une traître, chuchota Mila dans l'obscurité. Tu comprends ça, toi ? »

René ne répondit pas. Son souffle était profond, régulier. Mila repensa à l'après-midi dans le bureau éclairé au néon. Au nez tordu, fracturé, de Morandino, qui sifflait, au couinement du cuir sous ses fesses au moindre mouvement et à René, planté à la fenêtre devant l'escalier de secours comme un grand enfant emprunté. On lui avait encore donné une chance, mais ce serait la dernière. Elle se demanda s'ils avaient déjà le plus clair de leur histoire derrière eux. S'il restait encore assez de désir en eux pour les aider à toujours et toujours se redresser. Quelqu'un marchait d'un pas pesant et traînant dans le couloir. René ronflait doucement. En dressant la tête, Mila pouvait apercevoir le rectangle sombre de la fenêtre de leur chambre, de l'autre côté de la rue. Sur le rebord interne, le petit vase avec la fleur séchée qu'il avait gagnée pour elle au tir au Prater. Derrière, à peine distinct, l'éclat laiteux de la commode qu'ensemble ils avaient assemblée avec les pièces du berceau. Mila ferma les yeux. Un instant, elle resta complètement immobile, puis elle sentit une vague de tristesse brûlante la submerger, soudaine, puissante. Étouffant une plainte, elle se jeta du côté de René, enfouit sa tête dans le creux de son épaule et se mit à pleurer.

« Dire qu'on avait déjà un petit ciel de lit, sanglotait-elle d'une voix enrouée dans le drap froissé. Bleu clair et blanc, à rayures. René, ça aurait fait si joli au soleil... »

## 26

Maintenant ils en ont encore repêché une dans le Danube. De l'autre côté, dans la Lobau, le fleuve l'a rejetée là. Elle est restée une semaine dans les roseaux, on ne l'aurait pas découverte sans ce héron cendré qui était juste à côté. Une si belle bête. Lui, bien sûr, il repère vite la proie. À ce qu'on dit, elle n'avait plus de visage. Tout le reste était encore là, les cheveux, les doigts et ainsi de suite. Pratiquement intacte. Mais pas de visage. Dieu du ciel, ce qu'il faut que les gens soient malheureux. Tout le monde est malheureux. Pas toi. Qu'est-ce que tu en sais ? C'est peut-être moi qui serai couchée demain dans les roseaux avec des canards qui feront leur nid dans mes cheveux. Quelle horreur. Il y a un nouveau film avec Peter O'Toole. Celui-là je ne peux pas le souffrir. John Wayne n'est pas beaucoup mieux. John Wayne était déjà vieux il y a vingt ans. Autrefois on se faisait encore une fête d'aller au cinéma. On allait s'installer dans la salle après le travail, complètement fourbue, et on en sortait deux heures plus tard, ressuscitée. Comme illuminée de l'intérieur. Même s'il n'y a pas une seule intrigue dont je me souvienne. On est saturée d'images sans savoir vraiment de quoi il s'agit. Comme dans la vie. Ça vous éblouit un moment, puis tout s'évanouit et il vous en reste : rien. À part peut-être un rêve, quelquefois. John Wayne en tout cas, c'est pathétique. C'est tellement invraisemblable un homme de son âge qui fait le cow-boy. N'empêche que l'invraisemblable, c'est ce qui est intéressant ! La première fois que je suis allée au cinéma, je portais un modèle de couture bleu. Jamais je ne me suis sentie aussi belle, ni avant ni après. Ça fait longtemps. Le temps s'écoule à toute allure sans qu'on réalise, incroyable. Moi, ce qui me reste, ça se mesure au compte-gouttes. Ah, il y a dix ans, tu disais que ça ne valait plus la peine de faire retapisser ton fauteuil de télé. Maintenant ton fauteuil s'écroule, et toi tu es toute pimpante. Quelquefois je ne me comprends pas moi-même. Je me regarde dans le miroir et je demande : c'est vraiment moi, ça ? Le miroir ne dit rien, évidemment, et moi je n'en reviens pas. Mais tu racontes de ces âneries aujourd'hui. Je sais, de nous deux tu as toujours été la plus maligne. Si j'étais vraiment maligne, j'aurais fait pas mal de choses autrement. Lesquelles ? Moins accordé d'attention à l'extérieur, par exemple. Chez la plupart des gens, l'intérieur n'est pas terrible non plus. C'est vrai. Et sans issue. Qu'est-ce que ça veut dire que je ne sente plus mes orteils ? Ça ne veut rien dire, ils sont engourdis, c'est tout. Espérons. Je crois que ta robe m'aurait plu. Bleu marine avec l'ourlet et le col blancs. Les hommes se retournaient sur moi, leurs regards me brûlaient littéralement les fesses et à la maison je me suis mise à pleurer, parce que je n'étais plus sûre que c'était moi qu'ils regardaient. On est tellement bête quand on est jeune. Au fond je n'ai jamais pu me souffrir. D'abord parce que j'étais bien en chair. Même pendant la guerre j'ai gardé mon poids, il faut le faire ! Le dernier hiver de la guerre, nous avons mangé un poulain. Je crois qu'il est resté plus longtemps mort que vivant. Il y a des choses, on a beau faire, on ne peut pas idéaliser. Mila, vous nous en remettez deux, je vous prie ? Avec des glaçons. Merci. Il faut te frotter les orteils, pour que le sang se remette à circuler. Mais ça va avoir l'air de quoi ? Qu'est-ce que ça peut bien faire de quoi ça a l'air ? On n'est pas chez Demel tout de même. Chez Demel je n'y suis allée qu'une fois, invitée par un monsieur. Un conseiller aulique qui avait un appartement à Alsergrund, au bel étage, de bonnes manières et un sacré bon salaire, même outre-tombe. Mais quand la crème chantilly a dégouliné de sa moustache, j'ai su que je n'en voulais pas. Ensuite il a épousé sa secrétaire. De vingt ans plus jeune. Divorce. Arrêt du cœur. Cimetière central. Des choses qui arrivent. Sans la femme l'homme n'est rien, le problème c'est que personne ne le sait. Quand je n'ai pas trouvé de travail de toute une année, une fois, mon mari m'a acheté un téléviseur, pour que je ne m'ennuie pas. C'était gentil de sa part, évidemment, et je l'ai remercié, mais j'ai senti monter en moi une bouffée de haine pure. Ce n'est pas forcément si mal, la haine, ça peut parfois vous mener plus loin que l'amour. Le mieux dans la vie, c'est de se chercher une petite place à l'abri et de se tenir tranquille. Au fait, on sait déjà qui c'était ? Qui ? La femme dans les roseaux. Comment veux-tu, sans visage ? Ah, merci bien, Mila, vous arrivez à pic. Le petit choc des glaçons dans le verre, ça fait un si joli bruit. Rien que pour ça, tout le reste vaut le coup en fin de compte.

# 27

AU PRINTEMPS Simon traîna les tables et les chaises dehors et entreprit de repeindre la salle. Au fil des ans, les murs avaient viré au gris et des taches de suie s'étaient formées au plafond, qui planaient telles des nuées ténébreuses sur les têtes des clients. À l'origine il avait opté pour un jaune un peu mat, mais, à l'issue d'une brève discussion, le vendeur de la droguerie avait tiré de l'étagère deux bidons de blanc d'albâtre et les avait portés à la caisse sans hésiter. Simon avait encore fait l'acquisition d'une échelle, de quelques pinceaux, d'un pot de mastic et repeint la salle en un mardi après-midi.

Le soir il passa un coup de chiffon sur les tables et les chaises et les rentra à l'intérieur. Puis il s'assit devant la porte avec un demi-verre de bière et tendit son visage vers le soleil. Les moineaux froissaient le lierre et les rideaux de fer du marché claquaient comme autant de salves de coups de fusil. Le boucher lui fit un signe de la main et s'éloigna dans l'autre direction. Ces derniers temps, ses affaires stagnaient. Un nouveau supermarché avait ouvert dans la Taborstrasse, le quatrième dans un périmètre de moins de cinq cents mètres. La viande sous vide qui s'entassait sous un éclairage flatteur dans les bacs réfrigérés se gardait des semaines, et de toute manière, personne sur le marché ne pouvait s'aligner sur leurs prix. Simon étendit les jambes. Deux hommes qu'il connaissait de vue passèrent en mangeant du raisin dans un sac en papier. « Et comment elle a pris ça ? demanda l'un. – Elle a dû le sentir passer. » Ils étaient apparus au marché quelques années plus tôt : l'un travaillait à la poissonnerie de Frank Wessely, l'autre chez Navracek, le marchand de primeurs. Ils portaient des vestons et avaient rejeté en arrière leurs cheveux gominés. Ils doivent aller au cinéma, au Taborkino, se dit Simon, ou avoir rendez-vous avec des filles au Prater, pour se promener bras dessus, bras dessous entre les manèges en ricanant et en chuchotant. Après quoi ils iraient s'allonger sur leurs vestes étalées au pied d'un marronnier avec deux litres de blanc et laisseraient la nuit suivre son cours.

Un couple sortit du porche de la maison d'en face, la femme étroitement blottie contre l'épaule de son compagnon, le visage à demi masqué par le col relevé de son manteau. Arrivés à la Leopoldsgasse, ils s'arrêtèrent. L'homme la saisit aux épaules et se mit à l'accabler d'un flot de paroles. Il secouait la tête avec une véhémence agressive. Elle semblait prête à s'effondrer devant lui, mais, soudain, elle lui passa ses bras autour du cou, ils s'embrassèrent longuement, se détachèrent l'un de l'autre, comme épuisés, puis disparurent au coin de la rue.

Simon finit sa bière et tendit le verre vers le soleil. Il était terne, parsemé de fines rayures et de taches de calcaire. Ça faisait un certain temps que Mila le pressait d'acheter un lave-vaisselle, mais c'était cher et son bruit ne ferait que troubler l'atmosphère du café. En plus, il n'aimait pas les engins qui n'étaient même pas fichus de se mettre en marche tout seuls. Il ne voyait pas pourquoi ils travailleraient mieux que ses mains à lui.

En face, une fenêtre éclairée par le soleil projetait un grand rectangle sur le sol. Un bout de papier d'emballage se lovait dedans comme un petit animal qui profite de la chaleur. Une jeune femme qui avait surgi de la Sperlgasse s'approchait nerveusement d'un pas rapide. Ses cheveux châtains étaient tout ébouriffés, on aurait dit qu'elle venait d'essuyer une tempête ; elle avait le teint pâle, presque blanc, et les yeux clairs. Serrant à deux mains un paquet d'étoffe contre sa poitrine, elle fonça sur Simon. « Il est encore vivant, s'écriait-elle. Il me faut de l'eau, vite !

– Qui ? demanda Simon. Qui est-ce qui est vivant ? »

Au même moment, la femme manqua le bord du trottoir et chuta brutalement dans la rue. Simon se précipita, mais, avant qu'il ait pu lui venir en aide, elle était déjà sur ses pieds.

« Tenez », dit-elle en lui tendant le paquet. C'était un foulard ou une mince écharpe soyeuse et légère, imprimée de petites fleurs colorées.

« Qu'est-ce que vous voulez que j'en fasse ? demanda Simon, persuadé que la femme n'avait pas toute sa raison.

– Mais tu ne vois pas qu'il est vivant ! » s'écria-t-elle.

C'est alors qu'il aperçut le pigeon. Il reposait comme dans un nid dans les mains de la femme. Son col avait complètement basculé en arrière, ses ailes étaient pressées contre son corps. Son poitrail était barré d'une plaie béante d'où sortaient des entrailles blanc nacré, bleutées, et rouges.

« Il est mort, dit Simon.

– Ce n'est pas possible, dit la femme. Il y a une minute il était vivant.

– Mais maintenant il est mort. Il s'est peut-être fait choper par un rat. Ils deviennent énormes ici dans le coin.

– Ce n'est pas possible, répéta la femme. Ça me fait tellement de peine. Une si jolie bête. » Elle tapa du pied, furieuse, s'en fut jusqu'à la Leopoldstrasse et s'arrêta net.

Simon avait déjà vu pas mal de pigeons morts, à proximité des brasseries du Prater, ils gisaient souvent au bord de la route, empoisonnés par les patrons des brasseries ou écrasés par les voitures qui se faisaient d'année en année plus grosses et plus rapides. Enfant, au cours de ses balades dans la ville, il avait pénétré une fois dans une maison en ruine et grimpé tout en haut par l'escalier encore intact. Un trou d'au moins trois mètres de diamètre béait dans le toit et dans le mur. Comme au bord d'une falaise, le jeune Robert contemplait les toits déchirés de Leopoldstadt qui pulsaient au rythme des ombres de nuages courant dans le ciel. À quelque distance de là, il voyait la Grande Roue squelettique émerger sans cabines dans le ciel et, dans l'autre direction, se dresser la pointe de la cathédrale, telle une écharde noire derrière un voile de brume et de poussière. Jamais encore il n'avait eu pareille vue. En bas le regard n'allait pas au-delà du prochain coin de rue et, même dans les prés du Danube, il était arrêté par les arbres, mais d'ici, tout en haut, le monde semblait infiniment vaste et ouvert, et il aurait pu crier de joie, s'il n'avait craint d'être découvert et chassé de son poste d'observation. Il se mit à explorer la partie arrière des combles, escalada un tas de briques de cheminées cassées et de poutres moitié carbonisées, se cogna contre un poêle de fonte cabossé qui gisait sur le dos tel un scarabée géant, le ventre ouvert empli d'éclats de bois et de laine de verre, et passa sous des draps perforés par de petites brûlures qui pendaient à un fil tendu en travers du grenier. Plus il s'enfonçait à l'intérieur, plus il faisait sombre et étouffant. Une odeur douceâtre et nauséabonde flottait dans l'air, et à chaque pas il entendait craquer sous ses pieds. Il perçut un bruit de papier froissé, comme un battement d'ailes de pigeon, et, un instant, il crut voir quelque chose bouger devant lui, se faufiler dans l'obscurité. Les draps dans son dos se gonflèrent, laissant passer un peu la lumière du soleil. Les rayons éclairèrent soudain des squelettes d'ailes déployées, des griffes asséchées et des crânes minuscules avec les trous noirs des yeux et de minces becs aux pointes légèrement incurvées. Le sol était entièrement recouvert d'une épaisse couche de squelettes de pigeons, de crottes et de plumes, avec çà et là quelques cadavres gris épars, certains intacts, d'autres à moitié dévorés par les rats et les martres. Simon tourna les talons et se mit à courir. Il dévala l'escalier, passa l'entrée bombardée de la maison et se rua dehors, où il enfila les rues sans s'arrêter, le long du canal du Danube, toujours plus loin en direction du nord, jusqu'à ce que le souffle lui manque aux environs de la gare de Heiligenstadt, et qu'il s'arrête, hors d'haleine, la puanteur tenace de la mort et de la putréfaction toujours dans les narines.

La jeune femme s'était immobilisée au coin de la rue. Elle baissait la tête et paraissait examiner le pigeon dans ses mains. Tout à coup elle se retourna et revint sur ses pas.

« Je crois que tu as raison, dit-elle. Il est mort.

– C'est ce que je t'ai dit, dit Simon.

– Qu'est-ce qu'on fait, maintenant ?

– Rien. On ne peut plus rien faire. »

La femme toucha doucement les plumes grises. Elle avait de belles mains. De longs doigts et une peau claire. Mais les bords de ses ongles étaient noirs de crasse.

« Donne-le-moi », dit Simon. Il prit le pigeon, l'apporta à l'arrière, dans la cuisine, et le jeta aux ordures. Il se lava la figure et les mains, se sécha soigneusement et ressortit sur la terrasse.

« Je croyais que son cœur battait encore, dit la jeune femme, qui n'avait pas bougé d'un pouce. On aurait dit.

– Où l'as-tu trouvé ? demanda Simon.

– Là-bas devant, sous une voiture. Il cherchait l'ombre.

– En tout cas maintenant il est mort.

– Une si jolie bête, dit-elle de nouveau. Ça me fait tant de peine. »

Elle resta un instant, la tête basse, fixant le foulard dans ses mains, puis elle regarda Simon.

« Tu m'offres un verre ? On peut bavarder un peu. »

Simon fut pris au dépourvu. La peinture des murs était certainement sèche maintenant, mais il devait préparer la salle pour le lendemain.

« J'ai assez bavardé pour aujourd'hui », dit-il.

Elle eut un rire bref. Enroué, saccadé.

« Tu es un drôle de type, dit-elle. Ni vieux ni jeune. Assis là tout bêtement. Alors qu'il n'y a plus du tout de soleil.

– Il y en avait à l'instant.

– Il est parti maintenant. Et personne ne sait s'il reviendra.

– Écoute, dit Simon. Peut-être que cette histoire de pigeon ne t'a rien valu, je ne sais pas. Tu ferais mieux de partir maintenant. »

Elle le regarda, interdite. Elle ouvrit brièvement la bouche comme pour rétorquer, mais elle parut se raviser et partit rapidement. Simon la regarda s'éloigner dans la rue. Elle marchait un peu courbée en avant, les épaules rentrées, et son dos lui parut étrangement mince et délicat, tel celui d'un enfant.

« Bon, d'accord. Je te paie un verre », cria-t-il.

Elle s'appelait Jascha. Au milieu des années soixante, elle avait quitté la Yougoslavie pour s'installer à Vienne avec ses parents, le voyage en bus avait duré seize heures, et elle n'avait pas desserré les dents une seule fois de tout le trajet. La petite valise entre ses jambes ne contenait que quelques vêtements et un petit magazine illustré avec des dictons et des citations tirées des discours de Josip Broz Tito. Elle avait quinze ans alors et, depuis qu'elle avait vu un jour Tito passer en trombe sur la route de la côte dans une voiture ornée de petits fanions colorés et flanquée de policiers à moto, elle croyait au communisme. Elle regrettait le club de jeunes derrière l'usine de poissons en bordure de ville, ses copines et l'odeur âpre du vent des montagnes de Baska Voda, qui bruissait le matin dans le petit bois de pins tout proche. D'emblée elle avait détesté Vienne. Elle disait que le gris des maisons déteignait sur le visage des gens. Elle détestait le bruit. Les tramways qui tintinnabulaient dès cinq heures du matin. Ce grondement constant partout dans les rues, dont personne ne pouvait dire exactement d'où il provenait. Elle détestait et maudissait ses parents, qui avaient quitté la maison de son enfance et l'avait forcée à venir ici, où leurs visages étaient maintenant tout aussi gris que ceux des autres Viennois et où, malgré tous leurs efforts pour s'adapter, ils demeuraient ce qu'ils avaient toujours été : des paysans yougoslaves. Elle débitait ce flot de paroles avec une sorte d'exaltation et un léger accent, confondant ici ou là une voyelle ou toute une syllabe, ce qui conférait par moments à sa voix une gravité surprenante.

« À tous ces fils de putes gris ! » cria-t-elle, avant de boire, la tête renversée, comme saisie d'une passion subite. Simon avait servi du vin blanc, il semblait qu'un verre suffise à la griser. Elle s'interrompait parfois en pleine phrase en jetant nerveusement un regard à quelque endroit du mur ou dans la rue par la porte ouverte. Puis elle éclatait de rire tout à coup et continuait à parler. Simon se contentait de la regarder et d'écouter. Ici à l'intérieur elle paraissait plus grande et plus robuste que dehors. Elle portait un jean, un pull vert et une veste de daim élimée pas très nette. Ses cheveux ternes pendaient en mèches, et de petites taches rouges marbraient maintenant ses joues et son front. Le bord d'une de ses incisives était cassé et, quand elle riait, on voyait qu'il lui manquait deux dents de dessous. Ses yeux semblaient encore plus clairs que tout à l'heure dans la rue. Ils étaient grands, d'un bleu délavé.

Après le deuxième verre, elle eut faim, et il alla chercher du pain et des cornichons à la cuisine. Elle mangea un moment en silence. Puis elle recommença à parler. Son visage restait inexpressif, seules ses lèvres remuaient, comme si elle lisait un texte sur un tableau invisible. Puis quelque chose parut se dénouer, son visage s'éclaira brusquement, et elle eut un rire clair et sonore. Elle lui parla de son enfance, de la salle de classe au grand poêle de fonte dans un coin de la pièce. Des galets noirs sur la plage qui s'animaient dès qu'ils étaient rincés par les vagues. De son chien que son père avait dû abattre quand il était revenu des montagnes, de l'écume sur la gueule, et du chapeau vert que portait Tito dans sa voiture, et qui était bizarrement petit pour la tête d'un homme si important.

« Ça fait longtemps, tout ça, dit-elle. Maintenant je suis là.

– Pourquoi tu n'y retournes pas ? demanda Simon. Les galets noirs sont sûrement toujours là.

– Non, dit Jascha. Il n'y a plus de galets. Il n'y a plus rien. Baska Voda a disparu dans le sol, avec les montagnes, le poêle et tous les habitants. Comme ça, engloutis en une seule nuit. Même le vent n'y est plus. Le seul qui soit resté, c'est Tito.

– Tu veux encore un verre ? » demanda Simon.

Elle secoua la tête.

« *Zar moj dragi neće da se vrati. O zar bes suza, nema ljubavi !*

– Qu'est-ce que ça veut dire ?

– Aucune importance. Peut-être… possible que je te l'explique un jour. »

Elle se pencha vers lui et lui toucha l'épaule du bout des doigts.

« Tu es bien, dit-elle. Pas comme les autres.

– Comment sont donc les autres ?

– Un peu comme des ombres. À peine si on les distingue.

– Je crois qu'il vaut mieux que tu y ailles, maintenant.

– Oui, j'y vais. Qu'est-ce que tu as fait du pigeon ?

– Je l'ai enterré, comme il se doit.

– Ah, dit-elle. Tu as bien fait. »

Elle se leva brusquement, ce qui la déséquilibra un instant, et elle se retint au comptoir d'une main.

« Je ne supporte rien. »

Elle passa plusieurs fois les deux mains sur sa veste et rit nerveusement.

« Fais attention à toi », dit Simon.

Elle ne se retourna même pas, sortit dans la rue et disparut.

Il commença d'installer la salle. Il ferma les fenêtres, remit les meubles à leur place, posa des bougies et des cendriers sur les tables. La lumière du réverbère s'engouffrait dans la porte ouverte et le café avait un air pimpant avec ses murs fraîchement repeints. Il pensa à Jascha. À ses mains qui papillonnaient et aux cernes noirs sous ses ongles. Elle lui avait tendu le pigeon mort comme un présent, un instant le vent avait gonflé son plumage. Soudain il eut l'impression de connaître Jascha depuis longtemps, comme s'ils s'étaient juste perdus de vue et enfin retrouvés. Une pensée absurde, mais qu'il n'avait pas envie de rejeter. L'endroit où elle l'avait touché à l'épaule était encore sensible. Mais plus tard, quand il fut couché et sonda l'obscurité, les yeux ouverts, toute cette soirée lui parut ridicule, et il se demanda pourquoi il l'avait gaspillée ainsi.

# 28

Pendant les deux semaines suivantes, chaque soir, elle se présenta. Elle s'asseyait au comptoir et commandait de l'eau minérale ou un café, ou quelquefois une tartine de saindoux et des cornichons qu'elle engloutissait à une vitesse étonnante. Ils discutaient ou elle restait simplement au bar en silence, un peu rêveuse, et, en tirant la bière, il regardait ses doigts effleurer lentement le bord de son verre. Il se demandait quel âge elle pouvait bien avoir. Certaines fois elle surgissait, pleine d'énergie, dans l'embrasure de la porte, les bras ballants, un grand sourire aux lèvres, avec une fraîcheur de jeune fille qui ne laissait de l'étonner. D'autres en revanche, c'était comme si une ombre passait sur ses traits, sa bouche se pinçait, s'amenuisait, ses yeux semblaient ternes et vieux. Un soir elle se leva sans raison apparente, passa derrière le comptoir et l'étreignit. Il sentait sa main dans sa nuque, son souffle sur sa joue, et ne savait quoi faire de son corps. L'étreinte ne dura que quelques secondes, après quoi elle regagna sa place et se rassit comme si de rien n'était.

Un jour, il ne la vit pas arriver, et il s'inquiéta. Posté toute la soirée derrière son comptoir, il ne cessa d'observer la porte. Il n'était pas à ce qu'il faisait, confondit le Weissburgunder et le Veltliner, et rangea des verres non lavés sur l'étagère. Quand Mila ou un client lui adressait la parole, il répondait d'un ton rogue, distraitement. Et après avoir fermé plus tard que d'habitude, sur le chemin du retour, il vit Jascha à plusieurs reprises coup sur coup : Jascha dans l'entrée d'une maison, Jascha au bout de la rue, Jascha, tête baissée, endormie, à la vitre du tram de nuit qui passait.

Le jour suivant, elle arriva dès le début de l'après-midi. Elle s'assit en terrasse et commanda un café et un grand verre d'eau avec des glaçons. Son visage était à moitié caché derrière d'immenses lunettes de soleil, et Simon ne put distinguer si elle le regardait quand elle lui parla.

« Le café est bon, dit-elle. Pas le même goût que d'habitude.

– J'ai détartré la machine. C'est peut-être pour ça.

– Quelqu'un m'a dit qu'un vrai café, on ne voit pas la cuiller dans la tasse.

– Qui est-ce qui t'a dit ça ?

– Sais pas. Peut-être même que c'était moi. »

À cet instant, Mila surgit sur le seuil. Elle fit un signe de tête à Jascha et réintégra la salle.

« Elle ne peut pas me sentir, dit Jascha.

– Comment ça ? Elle ne te connaît même pas.

– Toutes les femmes se connaissent. De toute façon ça m'est égal.

– Il faut que je rentre, maintenant.

– Reste.

– Pourquoi ça ?

– Parce que je te le demande, dit-elle. Je t'ai manqué, hier soir ?

– Oui, dit-il.

– Ça me fait plaisir », dit-elle.

Simon haussa les épaules. Tout à coup il se sentait idiot avec son tablier et le plateau qu'il tenait encore à la main et où clignotaient les rayons de soleil.

« Demain, c'est mardi, dit-il un peu trop fort. Tu veux qu'on aille nager ? »

Elle parut retenir sa respiration quelques instants, puis elle ôta ses lunettes de soleil et le regarda en clignant ses grands yeux bleu pâle. « Je ne nage pas, dit-elle. Mais si tu veux, on peut aller s'allonger sous un arbre. »

Ils se donnèrent rendez-vous le matin devant la Mexikokirche, traversèrent le Reichsbrücke vibrant de circulation, passèrent devant l'énorme chantier de la nouvelle Cité de l'ONU à leur gauche. Simon lui parla des vastes prés qui s'étendaient encore récemment à cet endroit, des premières inspections des ingénieurs et des politiques pataugeant dans la boue en bottes de caoutchouc, qui déployaient d'immenses plans en luttant contre le vent et la neige fondue, et se hurlaient les uns les autres leur vision dans les oreilles. Six tours de bureaux monumentales, chacune en forme d'Y et jusqu'à cent vingt mètres et vingt-huit étages de hauteur, qui entoureraient le bâtiment central circulaire et pourraient contenir jusqu'à cinq mille représentants de tous les États membres des Nations unies. Une nouvelle Babylone, avait proclamé le chancelier Bruno Kreisky à la radio, une ville dans la ville, une ouverture sur le monde, pure merveille de béton et de verre. Vingt mille fenêtres, quinze mille portes. Neuf cent quatre-vingt-sept toilettes. Basket-ball et bowling complètement automatisé en sous-sol.

Sans doute n'avait-il pas conscience de tout ce qu'il raconta à Jascha en cette chaude matinée d'été, toujours est-il qu'il ne cessa de parler et ne réalisa qu'un peu plus tard, quand il fut allongé à côté d'elle à l'ombre d'un aulne, qu'elle n'avait pas dit un seul mot de tout le trajet. Au-dessus de leurs têtes, les feuilles bruissaient, du vacarme du chantier ne leur parvenait plus qu'un léger vrombissement. À peine à trente mètres d'eux, presque entièrement dissimulé par de hauts massifs de roseaux, le Vieux Danube étalait ses eaux brun-vert au soleil. Quelques retraités jonchaient le terrain sur leurs sièges de camping, de temps à autre on entendait quelqu'un s'ébrouer dans l'eau en criant.

« Je vais me baigner, dit-il. Tu viens ?

– Je te l'ai déjà dit, je ne nage pas. Mais tu peux me toucher, je ne mords pas. »

Un petit rire échappa à Simon. Immédiatement il en eut honte et se tut. Il se tourna vers elle et posa une main sur sa hanche. Jascha esquissa une grimace, comme si elle avait mal, puis elle ferma les yeux. Son souffle était rapide. Sur son front, des taches de soleil ondulaient paresseusement. Simon la trouvait magnifique et le lui dit. Il avait envie de l'embrasser, mais avait peur de le lui demander et encore plus de le faire carrément.

Alors qu'elle n'avait sûrement rien contre, se dit-il, en se penchant sur elle.

Aussitôt elle le frappa au visage de la paume. La gifle le surprit tellement qu'il faillit retomber sur le dos.

« Mais tu as dit que…

– Je sais ce que j'ai dit. Mais maintenant je ne veux pas, c'est tout. Tu me prends pour une pute ou quoi ?

– Qu'est-ce qui te fait dire ça ?

– Va te faire foutre. Tu m'énerves », dit-elle en se dressant sur son séant et en entourant ses jambes de ses bras, le regard fixé sur l'eau. « Comment peut-on se baigner dans cette flotte dégueulasse. Qui sait ce qui pourrit là-dessous.

– L'eau est potable.

– Qui est-ce qui t'a dit ça ?

– Ils la testent tous les ans.

– Qui ? Qui est-ce qui la teste tous les ans ?

– Je ne sais pas. Les services de santé. Ou l'administration des eaux. Ils la testent et les résultats sont publiés dans le journal.

– Pourquoi est-ce que je vis encore, de toute façon, dit-elle. Des fois, je crois que je ne suis pas un être humain.

– Mais qu'est-ce que tu racontes ? Qu'est-ce que tu as, enfin ?

– Rien, dit-elle. Je n'ai rien. »

Un insecte minuscule crapahutait sur la manche de son corsage. À l'épaule il s'arrêta, esquissa quelques sautillements, puis se figea finalement dans l'immobilité. Sa carapace lançait des reflets verdâtres, sa tête et ses pattes étaient noires et pendant quelques secondes Simon eut l'impression qu'autour d'eux n'existait plus rien d'autre que cet insecte minuscule.

« Il faut que j'y aille, dit Jascha en se levant brusquement. Tu vas trouver ça bizarre, mais c'était bien ici avec toi. » Simon leva la tête. Dans le contre-jour, il ne put distinguer son visage quand elle baissa les yeux sur lui.

« À bientôt, Robert. »

## 29

L'APRÈS-MIDI touchait à sa fin, quand Simon arriva à l'appartement. La porte d'entrée était ouverte, la clé dans la serrure. Il y avait de la lumière dans toutes les pièces, des vêtements traînaient par terre. La veuve n'était pas là.

Il s'y attendait, ça devait arriver. Ces derniers mois, elle avait changé. Elle oubliait de se peigner, mettait du sel dans son thé et, en dépit de tous ses efforts, ne parvenait pas à se rappeler où elle avait laissé sa blouse de ménage. Souvent il l'entendait déambuler la nuit sans trêve dans l'appartement pour chercher des objets égarés. Elle ne trouvait plus ses chaussettes ou son miroir de poche ou quelque chose dont le nom lui échappait. Elle le remerciait souvent de tout et de rien. Elle disait : « Merci d'être venu » ou « Je te remercie d'avoir monté le charbon de la cave ». Quand il objectait que l'immeuble avait le chauffage central depuis au moins quinze ans, elle baissait la tête avec un sourire gêné. Certains jours, elle quittait l'appartement de bon matin et ne revenait que des heures plus tard. Mais jusque-là elle avait toujours fermé la porte et pris la clé. Sur la table de la cuisine traînaient une assiette de biscuits et, à côté, de petits mots annotés.

*Troisième bouton à partir du haut. Attendre vingt minutes. Penser à la brosse. Tout un panier avec des…*

Simon quitta l'appartement et partit à sa recherche. Il quadrilla le quartier jusqu'au Augarten, où ça grouillait de monde. Il fouilla l'ombre des arbres, passa en revue la rangée de bancs du parc occupés par des retraités et de jeunes mères de famille avec leurs enfants, et longea la clôture de la Wasnergasse, près de laquelle elle cueillait des orties pour la soupe, certains jours.

Il la chercha dans la foule de passants qui se pressaient fiévreusement entre les magasins de la Taborstrasse, il la chercha entre les étals du marché des Carmélites, mais personne ne put le renseigner sur la veuve. Et tout en foulant à grands pas le pavé qui brillait au soleil, il commençait à avoir peur qu'il lui soit arrivé quelque chose.

Au commissariat de police, on ne savait rien. Un agent enregistra son signalement, son nom, son adresse, et promit d'informer ses collègues de la patrouille.

Simon remonta encore la Taborstrasse, puis prit la Nordbahnstrasse en direction du sud pour gagner la gare du Praterstern. Il se rappelait que la veuve avait dit un jour qu'elle aimait beaucoup les gares. Jeune femme, elle allait parfois à la gare du Nord pendant ses jours de congé, juste pour flâner dans le hall et sur les quais. Elle aimait l'odeur de fer, de tabac et des marrons chauds que les marchands versaient, l'hiver, avec leurs petites pelles, dans des poches de papier journal, et elle aimait le bruit des grands halls, le grincement étourdissant des freins dès qu'un train entrait en gare, les coups de sifflet stridents des contrôleurs, le roulement des chariots à bagages et le brouhaha sourd, ponctué de cris aigus, des gens qui se pressaient aux portes des wagons. Elle restait souvent longuement devant les vitres éclairées, à étudier les horaires des trains. Ces noms étrangers lui causaient un fourmillement plaisant du côté du ventre, *Breclav, Brno, Petrovice*, elle se voyait en rêve, monter, elle, dans l'un de ces trains de grande ligne et s'en aller à son bord, sans jamais arriver.

Simon parcourut le hall, en se frayant un chemin dans la cohue des voyageurs de banlieue. Il avait mal au pied, les visages stressés des passants lui portaient sur les nerfs, il se sentait las et découragé, il aurait aimé rentrer se mettre au lit, mais le souci qu'il se faisait pour la veuve le forçait à continuer. Il ressortit, inspecta le petit passage avec le magasin de disques et le tabac, jeta un coup d'œil dans la brasserie de la gare où les ivrognes croupissaient telles des ombres dans le clair-obscur, revint dans le hall et gagna les quais par l'escalier roulant.

Il la trouva quai numéro deux. Elle était tout au fond, sur le dernier banc, à côté d'une grande caisse de sable à épandre l'hiver. Elle parut contente qu'il s'asseye à côté d'elle, en tout cas elle sourit.

« C'est agréable de prendre le soleil, dit-elle. Bien que ça ait beaucoup changé, tout de même.

– Qu'est-ce qui a changé ?

– Autrefois la gare était plus imposante. Elle était si haute et si vaste, ça dépassait l'imagination. Quand on était petits, on s'y serait perdus, si nos mères ne nous avaient pas tenus tout le temps par la main. Et il y avait de grandes affiches au mur.

– C'était la gare du Nord. Ici c'est celle de Praterstern.

– Et où est-elle, la gare du Nord ?

– Rasée par les bombes.

– Ah oui, les bombes, dit-elle, pensive. Il faut toujours qu'elles tombent quelque part. Quand ce n'est pas ici, c'est là. Et elles font des trous partout. Une voisine s'est arrangé un petit jardin dans le cratère d'une bombe. Ses tomates n'ont rien donné, mais les salades étaient bonnes.

– Vous aimeriez avoir un petit jardin vous aussi ?

– Je ne crois pas. Tout ce travail, c'est trop pour moi maintenant. Et pour les orties, le Augarten me suffit. C'est si beau, le Augarten. Surtout en automne, quand ça sent la pluie. »

Elle sortit un mouchoir et s'essuya le front. Puis elle le rangea dans son sac et parcourut les voies du regard un moment.

« Il n'y a plus que des trains de banlieue, dit-elle. Les vrais trains se font rares.

– C'est parce que c'est le Praterstern.

– Il faut bien aller quelque part. L'appartement, je me demande ce que j'y fais. Tout m'est devenu étranger et la journée n'avance pas. Dehors ça m'est étranger aussi, mais au moins c'est intéressant. Dehors on perd mieux son temps. »

Dans les haut-parleurs, une voix de femme annonça un retard de train. À l'autre bout du quai, des jeunes poussèrent une clameur, saisirent leurs affaires, sacs à dos, vêtements, sacs de couchage roulés, et coururent dévaler l'escalier roulant. Simon regarda la place du Praterstern qui scintillait et les rues qui partaient en étoile et où stagnait la circulation. Sur un chantier, un marteau-piqueur pétaradait. L'homme qui le maniait avait ôté sa chemise, et son gros ventre luisant de sueur flageolait pendant qu'il découpait lentement l'asphalte. Les gens qui passaient derrière lui sur le trottoir se hâtaient de sortir du nuage de poussière qu'il soulevait. Sur le toit de la maison d'en face, une réclame lumineuse s'alluma : *Électricité. Téléviseurs. Radio Köck.* Les lettres vacillèrent un moment, à peine visibles dans la clarté du soleil, puis elles s'éteignirent de nouveau.

« Voulez-vous qu'on aille ensemble à la gare de l'Ouest un jour ? demanda-t-il à la veuve totalement immobile à côté de lui, qui regardait au loin, la tête légèrement levée. C'est une gare terminus. Ça veut dire que les trains s'arrêtent plus longtemps et qu'il y a beaucoup plus de choses à voir.

– Terminus, dit la veuve. Ça fait longtemps que je n'avais pas entendu le mot.

– Combien de temps ? »

Elle réfléchit un instant, puis elle dit : « Je ne sais pas exactement, en tout cas c'était longtemps avant qu'on se connaisse. Mais maintenant j'aimerais rentrer à la maison. Je crois qu'il n'arrivera plus de train aujourd'hui.

– Qui sait, peut-être que si.

– L'attente me fatigue. Est-ce que je peux partir, maintenant ?

– Mais oui, allez-y. Il se fait tard.

– Je peux choisir moi-même la direction ?

– Bien entendu.

– Très bien, merci. »

Il l'aida à se relever et lui prit le bras. Dans l'escalier roulant, il sentit la pression de sa main. Parmi tous ces gens dans le hall, elle lui sembla encore plus petite et plus fragile que sur le quai.

« Si vous permettez, je vais vous accompagner, dit-il. On marche mieux à deux avec cette circulation.

– Si vous y tenez, dit-elle. Où allons-nous ?

– À la maison, dit Simon.

– Contre vents et marées, la poussière et la fatigue ?

– Oui, dit Simon. Envers et contre tout. »

La réponse parut lui plaire. Elle s'arrêta un moment et le regarda, rayonnante.

« Merci, dit-elle. Merci beaucoup ! »

# 30

La pluie cinglait les vitres, le vent soufflait violemment. Simon quitta le comptoir et ouvrit la porte. La rue était presque déserte. De rares passants se hâtaient, courbés sous leur parapluie, tentant d'éviter les grosses flaques qui s'étaient formées dans la nuit. Derrière le voile de pluie qui floutait sa vitre, Johannes Berg travaillait sous la lumière bleutée une sombre masse de viande étalée sur le billot. Simon tendit le bras et sentit des gouttes s'écraser sur sa main. L'air était agréablement frais après la canicule des jours précédents, la pluie allait laver la poussière du lierre et, en frottant bien avec le balai-brosse et du savon noir après l'averse, il viendrait peut-être à bout de la croûte de crasse qui s'accrochait à l'arête du trottoir. Un camion de livraison glissait dans la rue comme un navire sur l'eau, laissant derrière lui un sillon vrombissant. Sur son flanc s'étalait en grandes lettres : *La perfection. PalColor-Supersonic de Telefunken.* Simon ferma la porte et regagna le comptoir. L'affluence était faible au café ce jour-là, il n'y avait que trois tables occupées : près de la fenêtre, un homme aux bas de pantalon trempés rêvassait après sa deuxième bière, deux tables plus loin, un couple se tenait étroitement enlacé et, en face d'eux, Rose Gebhartl observait par-dessus ses lunettes cerclées d'or l'homme au pantalon mouillé

Perchée sur un tabouret, Mila pliait des serviettes au comptoir. Elle détestait cette corvée, les serviettes étaient rêches sous les doigts, et elle résistait sans cesse à l'envie de les rouler en boule et de les lancer derrière elle ou de les laisser juste tomber par terre. De plus, elle avait la tête ailleurs, ses yeux revenaient sans cesse à la porte des toilettes, où ils s'attardaient quelques secondes, avant qu'elle ne se remette au travail. Elle finit par se lever et poser la pile sur le plateau, à côté de la salière et des cure-dents.

« Ça suffit, maintenant, dit-elle. Je vais voir.

– Laisse-la, dit Simon. Avec les femmes ça dure juste plus longtemps quelquefois.

– Qu'est-ce que tu connais aux femmes, dit Mila. Ça fait au moins dix minutes qu'elle est là-dedans. Ce n'est pas normal. »

Elle resta un moment debout en fixant la porte des toilettes, puis se rassit et alluma une cigarette.

« Elle ne m'inspire pas confiance, dit-elle.

– Je ne sais pas ce que tu as. Elle peut bien avoir quelques problèmes, qui n'en a pas ?

– Quels idiots vous faites, vous les hommes, dit Mila. Elle vient cinq fois par semaine, se saoule sans payer un groschen. Elle est maigre comme un clou, elle a les ongles sales et elle raconte des salades pas possibles. Tu as vu ses cachets ?

– J'ai vu.

– Chaque fois elle en a d'autres. Hier c'étaient des ronds tout blancs, aujourd'hui des gélules jaunes. J'ai d'abord cru que c'étaient des suppositoires tellement ils étaient gros.

– Elle a peut-être mal quelque part, ça se pourrait tout de même, non ?

– Il n'y a pas que les cachets. Pourquoi elle se gratte sans cesse le bras ? Elle est en manches longues, quand il fait 30 degrés. Et Wessely l'a vue la semaine dernière dans la Gumpendorfer Strasse, où les gens dans son genre vont acheter leur truc. Tu as intérêt à faire attention, sinon elle va t'entraîner là-dedans toi aussi.

– Ça n'arrivera pas.

– J'ai des yeux pour voir. Elle t'a tourné la tête. Je ne dis pas que c'est une mauvaise personne. Je te dis juste de laisser tomber.

– Tu ne veux pas faire encore quelques serviettes ?

– Tu te rappelles l'argent qui manquait dans la caisse, la semaine dernière ? J'étais dehors en terrasse et toi dans la cuisine. Quand on est revenus, l'argent n'y était plus. »

Il secoua la tête. « Qu'est-ce que tu veux dire ?

– Je veux dire qu'elle a pris dans la caisse. Elle t'a volé.

– Ce jour-là le café était plein. Ç'aurait pu être n'importe qui.

– Il n'y avait qu'elle au comptoir. Deux cents schillings. Tout de suite après, elle est partie. »

Simon sentit une nausée l'envahir. Son regard se détourna de Mila et se dirigea vers la porte, il cherchait d'autres possibilités. Se demandait s'il ne s'était pas trompé dans son calcul ou s'il pouvait y avoir eu une erreur dans le décompte, mais il savait que Mila avait raison. Ça faisait presque un mois qu'il était amoureux et presque autant qu'il avait compris que cet amour était sans avenir. Lorsqu'ils étaient ensemble au café, dans la rue ou au Augarten, il se sentait par moments gai et léger. Puis elle l'agressait sans raison, lui criait dessus ou éclatait en sanglots en pleine rue. Souvent elle était comme absente et, quand il lui adressait la parole, il la sentait fermée, tendue. Elle n'essayait même pas de dissimuler ses cachets. Elle prétendait que c'était contre les brûlures d'estomac, des douleurs au ventre, un état de faiblesse générale. « C'est pas vos putains d'oignons ce que j'avale, disait-elle. C'est mon corps, j'en fais ce que je veux. »

Ses sautes d'humeur et ses crises soudaines commençaient à lui porter sur les nerfs, chaque nouvelle journée aurait dû les rapprocher, or elle la lui rendait plus étrangère. Certaines choses lui paraissaient suspectes. Un jour où il accompagnait la veuve à la mairie pour des formalités, il la vit traverser la rue au bras d'un grand type grisonnant. Ils parlaient tout fort, avec insouciance ; Jascha réglait son allure sur celle de l'homme en ponctuant sa marche de petits entrechats, qui, de loin, lui donnaient l'air d'une enfant exubérante. Lorsqu'il lui en parla, le lendemain, elle se moqua de lui et lui dit d'arrêter de se faire du souci. Elle s'emmêlait dans ses histoires. Le village de son enfance ne s'appelait subitement plus Baska Voda, mais portait un autre nom, imprononçable. Et il était perché dans la montagne, bien au-dessus de la limite des arbres, ses parents étaient morts quand elle était petite, et quand il lui demanda le nom de son chien, elle nia en avoir jamais possédé un.

Un jour – ils s'étaient promenés au Prater et revenaient du chantier de l'autoroute en longeant l'ancien hippodrome vers le pavillon de la Lusthaus –, elle s'arrêta brusquement et le fixa, les yeux écarquillés. « Qu'est-ce qu'il y a ? demanda-t-il, interloqué. Ça ne va pas ? »

Elle ne lui répondit pas, mais sa lèvre inférieure tressaillait et un frisson parcourut son corps. Vite elle fit un pas vers lui, lui entoura la nuque de ses mains, lui ébouriffa les cheveux et ses ongles s'enfoncèrent dans sa chemise. Elle approcha son visage, sa bouche fiévreuse, et pendant qu'elle l'embrassait, ses yeux restèrent grands ouverts, comme si elle regardait au loin, à travers lui tout simplement.

« Tu diras ce que tu veux, dit Mila. Je vais voir ce qui se passe. » Elle glissa de son tabouret, marcha vers les toilettes d'un pas énergique et disparut derrière la porte.

« Elle a parfaitement raison. Celle-là, elle ne tourne pas rond, dit Rose Gebhartl de sa table. Ça se voit d'ici. »

Presque au même moment, la porte des toilettes se rouvrit à toute volée sur Mila. « Vite, dit-elle d'une voix blanche. Elle en a fait de belles. »

Deux secondes plus tard, Simon était dans la petite pièce éclairée d'une seule ampoule. Assise par terre à côté de la cuvette des W-C, Jascha leva vers lui des yeux inexpressifs. Son bras gauche était tendu sur ses genoux, la manche du chemisier retroussée, l'avant-bras recouvert du coude au poignet d'incisions toutes fraîches de quelques centimètres, d'où suintait du sang. Le sol était constellé de petites gouttes de sang rondes. Dans la main droite elle tenait une lame de rasoir.

« Ça tourne un peu, là, dit-elle.

– Pose la lame, dit Simon. Et ne bouge pas. »

Jascha ricana et passa sa main barbouillée de sang sur sa bouche. « Vous êtes tous des connards, dit-elle. À commencer par toi.

– Apporte des torchons, dit Simon à Mila qui avait surgi derrière lui. Et appelle une ambulance.

– Ça fait peut-être mal au cœur, mais vous ne connaissez pas la douceur du sang », dit Jascha en levant vers lui des yeux inertes.

Pendant un moment, les rumeurs allèrent bon train. Une cliente du boucher, qui travaillait comme aide-soignante aux urgences de l'hôpital Lorenz-Böhler, disait se souvenir parfaitement de la jeune femme à l'avant-bras scarifié qu'on avait hospitalisée ce jour-là. Elle s'était laissé mettre sous perfusion sans la moindre résistance, poser la sonde de Faucher, bander le bras, et elle était sortie dans la nuit en titubant, à peine une heure plus tard, blême comme une lune d'hiver. Au reste, son nom n'était pas Jascha, mais Valuca ou Raduccka, ou quelque chose d'approchant, et comme profession elle avait donné diseuse. Un client affirma quelques semaines plus tard l'avoir aperçue nue comme un ver sur la scène d'un cabaret du Prater, un autre jura ses grands dieux qu'il l'avait vue dans la Felberstrasse, appuyée à un panneau de circulation, tête baissée, brandissant un bras décharné. La plupart des gens étaient persuadés qu'elle était simplement devenue folle ou l'avait toujours été et qu'un jour ou l'autre on la repêcherait dans la Lobau ou qu'on ramasserait à la cuiller sous la grande roue ce qui resterait d'elle. Rose Gebhartl, quant à elle, croyait aux circonstances d'ordre plus général. Le problème n'était pas tant la folie privée des particuliers que celle de l'époque. Les temps présents n'étaient qu'une tumeur qui proliférait sur le terreau d'un passé pourri, dévoyé, et finirait forcément par attaquer l'avenir et mener à la perte irrémédiable de tout ce qui rendait la vie encore un peu supportable. Tout compte fait, ce n'était donc pas une si mauvaise solution, à ses dires, de se réfugier en temps et en heure dans un au-delà des imbécilités terrestres, que ce soit à l'aide de piqûres, de cachets ou de liqueur de cerises triplement distillée.

Simon se tenait à l'écart de ces ragots. Il était triste que Jascha ne soit plus là et il était content d'avoir surmonté sans dommage cet épisode de sa vie. Jascha avait attisé un désir qui couvait en lui, mais il savait bien qu'elle aurait fini par l'entraîner dans une spirale infernale de dérèglements dont il n'aurait pu s'extirper tout seul. Il rêva encore d'elle un moment, de son regard inerte, de ses mains fines en forme de nid de pigeon, du chapeau de Tito qui venait survoler sa tête, rapide et léger comme une plume. Mais au bout de quelques mois les rêves cessèrent, il ne pensa plus que rarement à elle, et bientôt il tentait déjà en vain de se représenter son visage ou le son de sa voix. Quand il repensa à Jascha, plus tard dans sa vie, elle lui parut irréelle, et il se demanda s'il ne l'avait pas inventée. Comment expliquer sinon qu'un être disparaisse ainsi d'un moment à l'autre ? Qu'il se volatilise purement et simplement, sans un mot d'adieu ou de regret et sans laisser seulement la moindre trace.

# 31

RENÉ N'AVAIT pas dessaoulé de plusieurs jours quand Mila décida de faire place nette.

« Je veux que tu t'en ailles, dit-elle. Tout de suite. »

Il était trois heures et demie du matin. Attablé dans la cuisine très éclairée, René mangeait de petites sardines à l'huile étêtées, qu'il pêchait à même la boîte avec les doigts une à une, avant de les enfourner.

« Qu'est-ce que tu me veux ? dit-il. Je viens juste d'arriver à la maison. » Sa langue pâteuse semblait avoir doublé de volume, et il tanguait sur sa chaise, en laissant errer des yeux mornes dans la pièce.

« Ce n'est plus ta maison, dit Mila. Je ne veux plus te voir ici. »

René hocha la tête. Il avait encore fait trois grands combats, les deux premiers s'étaient bien déroulés, il était en forme, son ciseau de jambes avait impeccablement fonctionné, un délire dans le public. Mais le troisième avait foiré. La nuit d'avant, il avait bu jusqu'à l'aube, son adversaire, un jeune géant roumain, avait attaqué par un étranglement, et un voile noir s'était glissé devant ses yeux ; quand il était revenu à lui, il gisait à côté du ring, sur le béton chauffé par le soleil, et, au-dessus de lui, un ballon cramoisi à éclater, qui était la tête de Toni Morandino, lui hurlait dans la figure.

Les jours et les nuits suivants, il traîna dans les brasseries et les bars à schnaps de la Taborstrasse et des ruelles adjacentes. Il ruminait au comptoir son exécration de lui-même et du monde, le cœur étranglé de remords. Il sentait combien sa vie avait ripé. Indéniablement il en avait fichu en l'air chaque journée, et jamais rien fait de bon. Un sentiment de vide vertigineux le submergeait, et il eut peur de perdre la raison, par moments il ne savait plus où il était ni comment il était arrivé. Quand il rentrait à la maison tard dans la nuit ou tôt le matin, il n'allait pas s'étendre dans le lit auprès de Mila. Il avait honte de l'odeur aigre qu'il exhalait et de la face rouge et bouffie que lui renvoyait la glace de la salle de bains.

« Viens t'asseoir, dit-il. On va boire une bière et parler.

– Je ne veux rien boire et je ne veux pas parler. Je veux que tu t'en ailles.

– Tu oublies que je suis ici chez moi exactement comme toi.

– Ça fait longtemps que tu n'y es plus, ici. Tu y débarques juste en pleine nuit en te cognant et en renversant tout et tu crois que je ne m'en aperçois pas, mais je m'en aperçois. Et j'en ai ma claque. Je suis fatiguée. Tout ce que je veux maintenant, c'est dormir.

– Eh bien, dors, pauvre conne ! hurla René, en bondissant de sa chaise, blême, sur des jambes vacillantes.

– Tu veux me frapper ? cria Mila en faisant un pas vers lui. Vas-y, frappe ! »

Elle tendit le visage, provocante, les larmes coulaient sur ses joues.

« Je te jure que je vais le faire, dit René, le souffle court, braquant sur elle des yeux aux paupières bordées de rouge.

– Frappe-moi donc, dit Mila. Ça simplifierait les choses. »

René leva lentement la main vers elle, mais elle esquiva et croisa les bras sur sa poitrine.

« Tu ne peux pas arrêter de pleurer ? dit René. Je ne le supporte pas, tu le sais pourtant.

– Non, dit Mila. Va-t'en, maintenant. »

En titubant dans l'escalier, René espéra une seconde qu'elle le rappellerait, mais il n'entendit que l'écho de ses propres pas résonner bruyamment dans le silence du petit matin. Le vent frais de la rue était agréable. Il descendit la Zirkusgasse vers la Praterstrasse et, pendant tout le chemin, étonnamment, ne pensa plus à Mila. Il avançait dans les rues désertes, occupé à ne pas trébucher, de peur de s'étaler de tout son long sur le pavé. Au coin de la Rotensterngasse, il s'arrêta un moment et s'appuya contre un panneau de circulation, parce qu'il avait perdu l'orientation. Un homme avec un jean effrangé coupé aux genoux traversa la rue, il voulait lui demander l'heure, mais, avant qu'il réussisse à ouvrir la bouche, l'homme avait disparu. René leva la tête vers le ciel, où poignait une pâle lueur jaune. Il avait une drôle d'impression tout à coup, comme si les maisons des deux côtés de la rue se penchaient sur lui et allaient s'écrouler. Il attendit un peu avant de se détacher de son panneau et de continuer à marcher. Dans la Praterstrasse, il croisa des passants, des ouvriers qui filaient au travail, les épaules lasses, et des gens qui prenaient le train tous les jours à la gare de Praterstern. Une voiture de police s'approcha lentement. Quand ils passèrent devant lui, le visage des deux agents était blanc, inexpressif. « Allez vous faire foutre, marmonna René. Allez vous faire tous foutre, bande de salauds. »

Une vague de nausée le prit, soudain il avait froid et sentait sa langue sèche et rêche comme un bout de bois dans sa bouche. Quand, deux rues plus loin, il entra dans le petit bar à schnaps ouvert toute la nuit, la moquette crasseuse, piquée de trous de cigarettes, se mit à onduler sous ses pieds. Il s'assit prudemment en se tenant au bord du comptoir et commanda une bière. Un peu plus tard, il passa au schnaps et, après le troisième verre, commença à entreprendre le patron ou à pérorer dans le vide : « Moi on ne me commande pas, personne. Demain j'ai un combat. T'as entendu ? Je les écraserai. Vous pouvez m'en envoyer un ou deux ou je ne sais combien… » Il débitait des phrases, en tentant de rassembler les pensées qui le taraudaient. Puis il se sentit tout chamboulé et vit la lumière commencer à tournoyer au plafond et, l'instant d'après, son front allait claquer contre le comptoir. Il glissa du tabouret, tenta de se rattraper, entendit des verres tinter et des voix d'hommes venues de très loin qui semblaient l'appeler. Puis il sentit qu'on le saisissait aux épaules et le poussait dehors.

Passé le seuil, la lumière du soleil lui explosa au visage. Il fit quelques pas en trébuchant et traversa la rue sous un concert de klaxons. Il se demandait d'où sortaient toutes ces voitures tout à coup. Il ne pouvait pas être si tard. Mais le soleil était déjà haut et, derrière la place du Praterstern, le relief de la Grande Roue ressortait comme marqué au poinçon dans le bleu du ciel. René se dirigea droit vers elle. Il traversa le carrefour, passa sous la gare par le passage piéton et suivit la grande allée qui menait au Prater. Une classe d'écoliers lui barrait le chemin, les enfants, qui s'étaient groupés autour de leur maîtresse, sautillaient d'excitation, levaient les bras en l'air et piaillaient à qui mieux mieux de leurs voix claires et perçantes.

Quand René voulut les contourner, une petite fille aux cheveux coupés au bol se posta en travers de sa route.

« Tu saignes, dit-elle en désignant sa tête. Là ! »

René passa la main sur sa figure. Ses doigts étaient barbouillés de sang, il s'était peut-être pris un verre, en allant donner de la tête sur le comptoir. À moins qu'il ne se fût cassé le nez.

« C'est que le nez, dit-il. Pas grave. »

À cet instant il perçut le goût du sang dans sa bouche, sa saveur douceâtre de métal. Le bras toujours levé vers lui, la petite fille ne bougeait pas. Elle s'était maladroitement fait les ongles et du vernis rouge-rose tachait le bout de ses doigts. Ses joues, au soleil, étaient rouges, sa bouche légèrement ouverte.

« Va-t'en », dit René. Il sentait de petites bulles se former à la commissure de ses lèvres, mais ignorait si c'était du sang ou juste de la salive. « Allez, file. »

Le visage de la petite fille changea d'expression. Ses sourcils se rapprochèrent, sa lèvre inférieure trembla. Elle détala et se fondit sans demander son reste dans la nuée d'enfants.

René reprit sa marche en tentant de rester dans l'ombre des manèges. Il transpirait, l'épuisement commençait à le gagner. Il alla se laver la figure dans les toilettes qui étaient à l'arrière du Paradis des jeux de J. H. Stern. Autant qu'il pût en juger, le nez n'était pas cassé. Juste sous le sourcil gauche s'ouvrait une petite plaie d'où suintait le sang. Sa langue lui faisait mal et elle avait enflé. Il se rinça la bouche, colla un bout de papier toilette sur le sourcil et s'enferma dans une cabine de W-C. Il y resta assis, les bras et la tête sur les genoux, épiant les bruits, les pas, le brouhaha étouffé des voix et les machines qui sonnaient et tintaient derrière le mur.

Il fut réveillé par quelqu'un qui tambourinait à la porte.

« Sors de là. Bouge-toi. Allez !

– Je n'ai pas fini.

– Tu sors ou on force la porte. »

René se leva, chancela contre la cloison, poussa le verrou et sortit. Il se trouva nez à nez avec un jeune Turc en salopette qui portait un seau et une serpillière.

« Tu ferais mieux de rentrer chez toi maintenant. Va te coucher et dors un bon coup.

– J'irai me coucher quand je veux. »

Le garçon haussa les épaules, plongea un chiffon dans le seau et se mit à nettoyer les poignées des cabines.

René alla manger une saucisse à un snack et boire un gobelet de café. Puis il entra à la Baleine et commanda une bière. Attablé en bord de terrasse, il observait les autres clients d'un œil d'indifférence somnolente. Le soleil tapait, mais l'effort à fournir pour se lever et changer de place lui paraissait disproportionné. Il commanda un deuxième verre, la bière qui coulait, âpre et fraîche, dans son gosier lui fit oublier la douleur.

« Je crois que tu as ta dose pour aujourd'hui, dit le serveur. Reviens demain.

– Qu'est-ce que tu en sais. Apporte-m'en encore une.

– Je te connais. Tu travailles aux autos-tamponneuses.

– Ça fait longtemps que j'ai arrêté, dit René. Viens demain au Heumarkt. J'ai un combat. Un des derniers. L'année prochaine, c'est l'Amérique.

– Écoute, je t'apporte encore une bière, mais après c'est fini, compris ? Ensuite tu décampes.

– Apporte-moi ma bière, d'abord. »

Après avoir bu sa bière et payé, il erra un moment au hasard dans le Prater. Il se sentait mieux, mais il n'en pouvait plus de fatigue. Dans un des petits cinémas pornos, il prit un billet pour le programme de l'après-midi et s'assit au dernier rang. Il voyait comme à travers un voile des blondes plantureuses aux seins énormes ouvrant des bouches lascives, et des hommes qui grimaçaient des sourires hautains en se penchant sur les femmes.

Les gémissements, les grognements, les cris, tous ces bruits lui faisaient un drôle d'effet, inquiétant.

« Espèces de porcs, s'entendit-il dire. Allez vous faire fiche, espèces de porcs. »

Quand il se réveilla, il se crut dans les affres de la mort. Il avait basculé sur le côté, le buste affalé sur les sièges, la joue gauche écrasée contre un dossier. Un étau terrifiant lui comprimait la cage thoracique, comme si son cœur pouvait s'arrêter de battre à tout moment. L'air de la salle était irrespirable, la chaleur intolérable. Devant, à l'écran, le film passait encore, mêmes seins, mêmes bouches, mêmes bruits, ou, finalement, c'en était peut-être un autre depuis longtemps. Il fixa quelques minutes au-dessus de lui le faisceau lumineux, où flottaient des grains de poussière brillants, puis il se redressa, se faufila péniblement entre les rangées de sièges, passa la minuscule entrée et retrouva l'air libre.

Dehors il faisait nuit. Les allées s'étaient animées, les visages des gens baignaient dans les mornes reflets jaunes, rouges et bleus des néons au-dessus des manèges. Quelques gouttes tombèrent sur le pavé, puis se muèrent en une petite pluie serrée, douce comme de la soie, qui se dissipa aussi vite qu'elle était venue. Le trottoir fumait, les flaques renvoyaient une lumière irisée, un parfum de feuilles mortes se mêlait aux exhalaisons des baraques à saucisses et des snacks. Partout des rires, des cris, de la musique, les tintements des machines, le braillement enroué des aboyeurs dans les manèges.

René but deux bouteilles de bière à une baraque à frites. La puanteur d'ail et de graisse rance le fit déguerpir, mais il revint sur ses pas, y acheter une bouteille de vermouth. Il la but à grandes gorgées goulues tout en marchant, le regard levé sur le ciel tumultueux. De temps en temps il s'arrêtait au milieu du flot des passants, se figeait un instant, puis repartait en titubant et en rouspétant à voix basse. À la lumière d'un réverbère, il essaya de renouer ses lacets. Il perdit l'équilibre et resta un moment assis à même l'asphalte mouillé. Quelques jeunes gens en veste de cuir lisse s'arrêtèrent, lui dirent quelques mots et continuèrent leur route, leurs dos comme nimbés d'une lumière liquide.

Il parvint à se relever et traversa l'allée en zigzaguant lourdement pour se réfugier dans une petite allée latérale derrière les autos-tamponneuses. Dans un recoin obscur entre des poubelles et un container de gravats pour le sablage, il s'assit par terre. Il chavira en arrière et s'adossa à une pile de cartons humides. C'est ici qu'il venait autrefois fumer une cigarette et étirer ses membres après les heures passées dans sa boîte vitrée, coincé entre le micro et la chaîne stéréo. Il s'était remis à pleuvoir plus fort. Les gouttes éclaboussaient le sol et entre les pavés se formait une écume blanche qui s'écoulait en fines rigoles.

Sur le mur d'en face, on avait écrit « SALOPE » en grandes lettres. De larges traînées de couleur dégoulinaient par terre. Il faudrait les assommer, pensait René dans son brouillard. Leur écrabouiller la tête et leur briser les os un à un. Il tenta de prendre appui sur un bras, glissa, et bascula latéralement, tête la première, sur le pavé. Étonné de ne ressentir aucune douleur, il tenta derechef de se redresser, puis, comprenant qu'il n'y parviendrait pas, il ferma les yeux.

Des autos-tamponneuses et des montagnes russes lui parvenaient des cris et des glapissements. Il eut brièvement l'impression que le sol commençait à vibrer, puis se rendit compte que c'était son corps qui tremblait. Un point de côté lui coupa le souffle, juste sous les côtes, et il se recroquevilla en gémissant. On en est donc là, pensa-t-il sans savoir ce qu'il entendait par là. Puis le point de côté se dénoua et il se tourna sur le dos en attendant qu'il reprenne.

Quand il sentit qu'on le touchait à l'épaule, il rouvrit les yeux. Au-dessus de lui il vit une tête. Des mèches de cheveux dont les pointes humides lui effleuraient le front. De grands yeux brillants.

« Idiot », dit Mila, et il sentit ses mains se glisser sous son buste et l'attirer dans son giron avec une force surprenante. « Quel idiot tu fais. »

## 32

Une serviette dans une main et un parapluie dans l'autre, Kostya Vavrovsky traversait le Marienbrücke en direction de Leopoldstadt. Depuis le petit matin, d'énormes nuages orageux se massaient au-dessus du bassin viennois, où la chaleur se condensait comme dans une cocotte-minute. L'air était humide et lourd, mais la pluie tant espérée se faisait attendre. Kostya Vavrovsky marchait le plus lentement possible, il progressait avec peine contre un mur d'air brûlant de plus en plus compact. Il ne devait pas transpirer, la pluie apporterait la fraîcheur, il s'agissait de rester sec, sous peine d'attraper la mort. Ce qui pouvait aller vite chez un homme de son âge, avec un cœur bien trop tendre et bien trop vulnérable pour ce monde-ci et qui, en ce moment précisément, battait trop fort. Il en ressentait jusque dans le cou les brèves palpitations accélérées, surtout dans le creux sous la pomme d'Adam, là où l'on pouvait, rien qu'en appuyant le petit doigt, supprimer une vie humaine. Depuis qu'il avait vu, un jour, sur le billot de Johannes Berg, un petit cœur de poulet sanguinolent, presque noir, émettre son tout dernier battement, avant que le boucher ne le hache menu en quelques alertes flexions du poignet, la pensée de son propre cœur lui causait du malaise. Il le croyait capable à tout instant de cesser de battre, tout simplement, en ne laissant subsister qu'un dernier trémoussement de ses chairs révoltées.

Au milieu du pont, arrivé à la statue de la Sainte Vierge, il s'arrêta. La madone s'élevait sous un arceau de roses, pressant l'Enfant contre son sein et son épaule, le regard baissé vers une jeune fille accroupie craintivement à ses pieds. Les orteils de la Vierge dépassaient de sa robe, qui tombait jusqu'au sol. Ils étaient immenses. Les pieds des statues étaient toujours trop grands, se dit Kostya Vavrovsky. Du moins ceux des statues qu'il connaissait. Peut-être étaient-ils plus petits à Florence ou Athènes, et les Romains et les Grecs de l'Antiquité avaient-ils davantage le sens des proportions, à Vienne en tout cas ils étaient toujours informes et si démesurément agrandis que ç'en était grotesque. D'ailleurs, c'était pareil à Eisenstadt et Salzbourg, les seules villes qu'il eût visitées au cours de sa vie : des pieds énormes dans tous les parcs, aux portails des églises et à un coin de rue sur deux.

Il se pencha sur la balustrade et regarda le canal. L'eau était trouble et d'une couleur indéfinissable. Il repensa au jour de son enfance où on l'avait forcé à sauter du pont du Augarten. Il venait juste d'avoir douze ans et s'était laissé convaincre d'accompagner ses camarades après la classe jusqu'au pont, où se trouvait quelque grand secret à découvrir. À peine arrivés, ils lui avaient arraché son sac à dos et l'avaient tiré au milieu du pont. Il se débattit comme un beau diable, mais à l'époque déjà il était plus petit, moins costaud que les autres, et, quand ils réussirent à le hisser au-dessus de la rambarde, il avait abandonné la lutte depuis longtemps et s'efforçait juste de ne pas aller donner de la tête ou des épaules contre le rebord du pont. La dernière chose qu'il vit avant de faire une sorte de pirouette en l'air et de s'abîmer dans le vide fut le visage luisant de sueur de Karl Raith, un garçon insignifiant de la classe parallèle avec lequel il avait à peine échangé trois banalités ces dernières années. « Pas grave, criait Karl, tout ce qui peut t'arriver, c'est de clamser ! », et il riait, tandis que, juste derrière sa tête, le soleil de midi paraissait exploser.

Sa chute fut brève et peu spectaculaire. Il s'entendit crier, puis il y eut un claquement bruyant suivi d'un bourdonnement et, l'instant d'après, il nageait fébrilement contre le courant en soufflant comme un phoque pour atteindre le débarcadère de la rive nord. Du coin de l'œil, il voyait les autres debout sur le pont. Ils riaient en lui faisant des signes de la main. Et lui aussi donnait le change et riait en s'ébrouant dans l'eau comme si tout ça n'était qu'une bonne grosse blague. Mais, au tréfonds de lui-même, une honte brûlante lui serrait le cœur et il se sentait plus désarmé et plus bête que jamais. Il ignorait complètement pourquoi ils l'avaient fait, mais il savait bien que c'était sa faute à lui. Il fallait que ce soit sa faute, le monde ne pouvait pas être aussi injuste.

Posté sous la statue de la Vierge, Kostya Vavrovsky regardait dans l'eau. Tout à coup il ne savait plus depuis combien de temps il se trouvait là. La chaleur lui semblait encore plus torride et lourde qu'avant. Il transpirait, sa chemise lui collait au dos, c'était comme si, avec ses chaussettes de laine et ses godasses en cuir, il était enfoncé jusqu'aux chevilles dans l'asphalte brûlant. Une demi-heure plus tôt, il était encore à la Himmelpfortgasse et buvait de l'eau minérale dans un bureau d'une clarté de verre, agréablement tempéré par un climatiseur qui ronronnait doucement. Il y avait une assiette avec des biscuits et des grappes de raisins. Les raisins avaient l'air frais et les biscuits délicieusement croustillants. Tout dans la pièce était propre et bien rangé, et les ongles des trois hommes brillaient d'un éclat rosé pour lui tout à fait inédit. Aucun d'eux n'était antipathique, pas même l'avocat. Tout formels qu'ils étaient, ils se montraient fort aimables et lui parlaient comme à l'un des leurs. Il y eut même un moment de franche cordialité, c'était à la fin, les documents étaient signés et tout le monde s'était déjà levé. Peut-être avait-il été le seul à rire d'ailleurs, rien que lui, tout à coup il ne savait plus bien, et ce rire gratuit, totalement hors de propos, avait peut-être définitivement scellé ce qu'il était sans doute déjà aux yeux des trois hommes : un parfait idiot.

Kostya Vavrovsky appuya sa serviette et son parapluie contre la rambarde du pont. Sur le socle en béton de la madone s'étalait en grosses lettres : *Sainte Vierge, priez pour nous.* Il ferma les yeux et épia son cœur. Trop vite, trop vite, se dit-il, ce n'était plus qu'une question de secondes. Et ensuite ? Il referma les yeux et s'efforça au calme. Le ciel au-dessus du Kahlenberg était noir.

Ça allait commencer d'un instant à l'autre. Et les premières gouttes tomberaient, grosses comme des billes de verre, lourdes et chaudes. Elles iraient s'écraser sur l'asphalte, le chemin, la rambarde, et avec un bruit creux, sur la tête de la Sainte Vierge. Son regard se posa sur la serviette de cuir. Son père la lui avait offerte alors qu'il était encore jeune homme. À présent elle était vieille, son cuir mince et fissuré. Il fallait mettre les papiers en sécurité. Ces actes quatre fois signés et tamponnés. « Mais comment, hum ? Et à quoi bon, en fin de compte, maintenant ? » grommela-t-il tout à coup, esquissant quelques pas vers la chaussée, pour revenir aussitôt en arrière. « De toute manière c'est trop tard. C'est fichu depuis longtemps… » Derrière lui un camion passa bruyamment en ébranlant le pont. Kostya Vavrovsky s'immobilisa et écouta son cœur battre la chamade. Et à l'instant où il cessa de battre, où le calme se fit en lui et où sur la rambarde poussiéreuse, exactement entre le parapluie et la serviette, s'écrasait la première grosse goutte, lui vint, comme s'il était délivré d'une insupportable tension, la terrible révélation qu'il n'aurait peut-être pas été trop tard. Qu'il aurait peut-être pu s'insurger contre l'apparente inéluctabilité que reflétaient les visages aimables des trois hommes dans leur bureau de verre. Il leva les yeux vers la Vierge. Et derrière le voile qui s'opacifiait lentement devant ses yeux, il la sentit s'incliner sur lui avec un doux sourire. La dernière chose qu'il vit fut l'Enfant dans ses bras. Il reposait, la tête contre son sein, agitant en l'air ses petits bras potelés, et il riait.

## 33

Un orage comme ça, c'est vraiment quelque chose de fantastique. Ça emporte la saleté des rues et vous lave la tristesse de l'âme. Tu as drôlement bien dit ça. Quelquefois, même moi j'ai un trait de génie. C'est comme ça qu'on voudrait disparaître : en plein coup de tonnerre, trempée jusqu'aux os, illuminée par l'éclair. Tu as toujours été un peu théâtrale, comme personne. En tout cas, c'est ce qui s'est passé pour Kostya Vavrovsky. D'abord ce n'était pas un véritable orage, mais une grosse averse, ensuite il n'est pas mort. Mais presque. Si les secours étaient restés bloqués dans un bouchon, il y passait. Je serais curieuse de savoir ce qu'il a vu en dernier. On dit qu'il y a des gens qui, à l'approche de la mort, voient défiler toute leur vie. Imagine un peu : tout encore une fois, les souffrances, les soucis, les difficultés. Et il n'y a pas de joies ? Si, mais elles sont en minorité. Qui sait, peut-être que Vavrovsky n'a vu que les nuages tout bonnement et, devant, quelques hirondelles égarées. Pourquoi précisément des hirondelles ? Si tu y tiens, c'étaient peut-être aussi des pigeons. Le pauvre homme. Fragile, tremblotant. Qui se faufile à pas furtifs comme son ombre en personne.

Alors qu'il y a en lui comme une tendresse cachée. Il a été solitaire toute sa vie, solitaire mais fier, un homme sans histoires, et sympathique avec ça. Il a été nazi, on prétend que, après la guerre, il aurait redressé sa croix gammée avec une clé de plombier pour lui donner la forme de la croix du Christ. Ça ne veut rien dire, un Viennois sur deux est nazi. Où est-ce qu'ils seraient tous passés sinon ? En tout cas, maintenant il est cloué au lit et on lui enlève ses meubles sous le nez. Ça ne peut pas aller si vite que ça, il y a tout de même des lois et quelque chose qui ressemble encore à de l'humanité. Quand il s'agit d'argent, elle ne fait pas long feu, l'humanité. Que va devenir l'immeuble maintenant ? On va en chasser les esprits. Et si c'étaient de bons esprits ? Tant pis. Comment peut-on s'endetter à ce point aussi. C'est parce que les gens ne comprennent rien à rien. Ils courent toute la journée dans leur chemise bien repassée avec leur stylo à bille doré, en se croyant terriblement importants, et ils n'ont toujours pas saisi que c'est leur propre malheur qu'ils trimbalent là dans leur porte-documents. Il peut bien avoir été cent fois nazi, ça me fait tout de même de la peine. Mais que ce soit justement sur le pont de la Vierge que son cœur parte en morceaux. Un si beau pont, pas consolant pour deux sous. Et la pluie est tombée, les torrents sont venus, les vents ont soufflé et ont battu cette maison : elle s'est écroulée et sa ruine a été grande. Qui est-ce qui dit ça ? C'est dans la Bible. Horrible. Toujours quelque chose qui s'effondre ou le sol qui est rasé. L'être humain aime bien ressasser les désastres. Moi je n'ai jamais ressenti le besoin du catholicisme, même si j'aime aller à l'église. Où trouver un tel silence, sinon là ? Dehors les cris, la circulation, les chantiers, dedans rien que murmures et craquements. Et l'été, il fait si agréablement frais. Vavrovsky aurait peut-être dû aller à l'église lui aussi. Quand tout le reste a échoué. Et le voilà maintenant là-haut dans son lit, avec son cœur malade, dans cette maison qui ne lui appartient plus. Comme une pâquerette écrabouillée. Qui est-ce qui s'occupe de lui maintenant ? Le matin, il vient une infirmière et, l'après-midi, le Simon lui monte quelque chose à manger. Si ce n'est pas touchant. Alors que la chaudière de Vavrovsky lui a arraché trois doigts. Qu'est-ce que ça a à voir, c'était un accident, en plus ça fait une éternité. Il n'y a pas prescription pour la perte d'un membre. Tu racontes de ces âneries, quelquefois. Quant tout devient triste, il faut garder une gaîté intérieure. Il n'y a pas plus laid qu'un vieillard dépressif. Mieux vaut friser l'imbécillité que l'amertume. Cela fait trente ans que je suis vieille, mais maintenant j'ai l'impression de rajeunir un peu tous les jours. Est-ce un bien ou un mal ? Ce qu'il y a de bien, c'est la reconnaissance. On est reconnaissant au vin de continuer à vous régaler. À l'organisme de le tolérer toujours et à la caisse de pension de financer tout ça. Et ce qui est moche ? La distraction qui augmente. On ne vous prend plus au sérieux. On boit encore quelque chose ? On pourrait aussi rentrer à la maison. Là, ce n'est plus comme avant. Je ne me sens plus chez moi à la maison. Je ne me sens plus chez moi que dans mes souvenirs. Au moins tu en as encore. Si ça ne faisait pas bêtement sentimental, je te remercierais. De quoi ? De tout, de ta patience, par exemple. Ça, ce sera bientôt de l'histoire ancienne. Là où je vais, il n'y a plus besoin de patience. N'importe quoi, je nous en commande encore deux. Si tu veux, mais dans des verres à pied, s'il te plaît. Les tiges sont si fines que le vin vous paraît tout de suite beaucoup plus précieux. Et puis ils tintent si joliment. Comme un carillon de verre à midi. Tu ne cesseras jamais de m'étonner. C'est déjà quelque chose. Et ce n'est pas fini.

# 34

La lettre arriva un mardi matin. C'était un recommandé dans une enveloppe bleu clair, un papier épais d'un blanc éclatant, signé et tamponné quatre fois d'un aigle rouge pâle : *Monsieur… Nous avons l'honneur de vous informer… le bail n°11/831. KB… expirant… a été procédé à la demande d'inscription au registre foncier, qui est maintenant effective… le délai pour la remise du bien faisant l'objet du bail est spécifié dans un courrier séparé… pour vos archives personnelles… Avec l'expression…*

Simon lut trois fois la lettre et fixa longuement l'aigle encadré d'un cercle fin dans le bord inférieur droit. Son contenu n'était plus une surprise. Quatre semaines auparavant, le jour de sa sortie de l'hôpital, Kostya Vavrovsky l'avait fait monter chez lui.

Au fond je n'ai jamais rien eu à voir avec cette maison, lui avait-il expliqué, je n'ai fait que l'hériter, je ne l'ai pas gagnée. Maintenant je l'ai perdue. J'ai essayé pourtant. J'ai fait tout ce que j'ai pu, même si ce n'était pas beaucoup. Mais les dettes, c'est comme le cancer. Elles vous grignotent la vie petit à petit. Reste quasiment plus rien de moi.

Il était dans son lit, la couverture tirée jusqu'au menton, et sa tête d'oiseau ébouriffé jetait des regards nerveux dans la pièce. « Quasiment plus rien, répéta-t-il. Ils m'ont rafistolé le cœur. Maintenant j'ai deux petits tuyaux dans la poitrine. Dehors le soleil brille et moi je claque des dents sous ma couette. J'ai l'hiver chevillé au corps.

– Et le café ? dit Simon.

– Plus rien à faire, dit le vieillard en remontant la couverture jusqu'aux yeux. Tout est ma faute, si le diable m'emporte, je ne l'aurai pas volé. »

Simon sentit une bouffée de colère l'envahir. Le temps d'une seconde, il rêva d'étouffer les geignements complaisants de Vavrovsky dans son oreiller. Mais juste à cet instant la couverture découvrit ses pieds décharnés, tout déformés. Les orteils étaient estropiés, les ongles jaunes si longs qu'ils commençaient à s'enrouler. Et Simon se dit qu'il n'avait aucune idée de la vie que menait cet homme. Que prenait-il au petit déjeuner ? Avec qui parlait-il de ses affaires ? Ses cheveux gris étaient clairsemés, sa figure ressemblait à un masque de fin papier froissé, ses yeux jaunâtres étaient bien trop grands pour ce corps menu, comme rétréci.

« Ils t'ont donné assez à manger à l'hôpital ? demanda-t-il. Tu m'as l'air drôlement amaigri.

– Me souviens pas d'avoir mangé.

– Il faut que tu manges. Au moins du pain, je ne sais pas, moi, pour reprendre des forces.

– De toute manière je n'en ai plus pour longtemps, dit Vavrovsky, pas besoin de reprendre des forces.

– Je reviens, dit Simon. Attends-moi là.

– Je me demande bien où tu veux que j'aille », l'entendit-il dire faiblement, alors qu'il sortait de la chambre et dévalait l'escalier pour aller préparer au café deux grosses tartines de saindoux, pêcher quelques cornichons dans le bocal et chauffer un pot de café au lait. Il posa le tout sur un plateau et remonta les six étages. Il n'était pas certain que ce soit le régime idéal pour un cardiaque, mais c'était déjà quelque chose à se mettre sous la dent et, quand, assis à côté de son lit, il vit peu après Kostya dévorer les tartines et les cornichons et boire le café à grands traits, il s'en réjouit.

« Mange lentement, dit-il. Sinon tu ne pourras rien garder.

– Ce serait dommage, dit Vavrovsky. C'est rudement bon. »

Il mâchait, avalait, buvait et le café lui coulait sur le menton, gouttait sur sa poitrine et la couverture.

« Je vais chercher un torchon, dit Simon.

– C'est ma faute, tout ça, dit Vavrovsky. Que le diable m'emporte. »

Quand Simon revint de la cuisine avec des serviettes, le vieillard s'était assoupi. Il débarrassa, essuya le café sur son menton, plia la serviette et la posa à côté de sa tête sur l'oreiller. Vavrovsky ouvrit les yeux, le dévisagea un instant, étonné, puis se rendormit.

Depuis lors Simon montait tous les jours à midi au sixième, lui porter à manger et parfois aussi le journal. Et voilà qu'un samedi matin il croise dans l'escalier

Vavrovsky qui descendait. Il avait enfilé une chemise propre et, pour la première fois depuis des semaines, passé un peigne dans ses cheveux. « Sous les toits c'est une vraie fournaise, dit-il. Je vais au Augarten. » Simon se retint de lui balancer le plateau en pleine figure, mais quand, deux heures plus tard, du café où il était seul avec Mila, il vit arriver au coin de la Sperlgasse un Vavrovsky livide, flanqué de deux gaillards turcs, et se traîner devant la terrasse, avant de disparaître dans le hall d'entrée, pratiquement porté par les Turcs, il eut de nouveau pitié de lui. Dès lors il ajouta chaque fois une pomme ou une orange aux autres choses sur le plateau.

Les semaines suivantes, Simon prit conscience de deux choses : il réalisa combien il s'était attaché au café et il commença à comprendre que ça se terminait. Il se fit des reproches. Il se demanda s'il n'aurait pas pu s'occuper de Kostya Vavrovsky plus tôt et, qui sait, empêcher la vente de l'immeuble. À certains moments, il aurait pu tout envoyer valser et tourner le dos une fois pour toutes au café et à la ville. La nuit, il se retournait dans son lit en cherchant des solutions et, quand il s'endormait enfin, il se voyait en rêve au milieu d'immeubles qui s'effondraient, dans des nuages de poussière rouge brique et tenant une pancarte de sa confection dont, pour d'obscures raisons, il ne pouvait déchiffrer l'inscription.

Simon relut la lettre une fois de plus. Puis il prit une feuille de papier et un crayon sur la console de la cuisine et commença à écrire :

*Messieurs,*

*Il s'agit de mon café au marché des Carmélites. Je dis que c'est un café, bien que personne à part moi ne l'appelle comme ça. Et je dis que c'est le mien, bien que sur le papier il ne m'ait jamais appartenu. Il y a dix ans c'était un trou poussiéreux, maintenant, tous les soirs sauf le mardi, il y vient des gens qui veulent oublier au moins quelques heures tout ce bazar autour d'eux. Il y fait chaud, l'hiver les fenêtres ferment bien, on peut boire quelque chose et surtout on peut parler quand on en a besoin et se taire quand on en a envie. Le monde tourne toujours plus vite, et parmi ceux dont la vie ne pèse pas assez lourd, il y en a parfois qui sont laissés sur le bord de la route.*

*Alors n'est-ce pas une bonne chose qu'il y ait un endroit auquel se raccrocher ?*

*Maintenant vous allez peut-être vous dire : ils n'ont qu'à aller ailleurs, ces pauvres bougres, le changement ça fait mal, rien n'est éternel, etc. Et bien sûr vous avez raison. Mais je connais des gens pour qui le bout de la rue, c'est déjà trop loin. Ceux-là, ce n'est pas le changement qui leur fait mal, mais tout le corps, parce qu'ils passent leur journée à crapahuter sur un chantier ou à se courber devant une machine, ou simplement parce qu'ils sont trop vieux ou trop abîmés ou les deux à la fois.*

*Mais, probablement, vos pensées ne vont pas du tout dans cette direction et vous vous demandez juste où je veux en venir. Franchement je n'en sais rien. Si je savais que ça a un sens de vous demander de proroger le contrat de gérance, je le ferais. Mais je ne le pense pas. La seule chose qui reste*

Il s'arrêta et posa le crayon. La fenêtre laissait passer un rayon de soleil, un instant les lettres parurent frémir comme l'herbe sèche des prés du Danube, quand elle est couchée par le vent, l'hiver. Sur la nappe s'était formé le rond d'une tasse de thé. Il pensa à la veuve. Ça faisait si longtemps qu'ils n'avaient pas bu une tasse de thé ensemble. On devrait fêter chaque heure, avait-elle dit une fois à cette table, en fin de compte on en avait tellement peu. C'était déjà quelques années plus tôt, par un froid matin d'hiver ils avaient bu du thé en mangeant les biscuits qu'elle avait préparés la veille au soir. Un peu plus tard Simon s'était acheminé vers le café dans des rues désertes sous une neige qui tombait à flocons serrés, en se réjouissant du travail qui l'attendait.

Dehors il entendit du bruit, des cris. Simon se leva pour ouvrir la fenêtre. Des enfants qui rentraient de l'école couraient dans la rue. Ils avaient l'air de venir d'une cérémonie. Les garçons portaient des chemises blanches, les filles des corsages et des nœuds de couleur dans les cheveux. Leurs souliers vernis reluisaient au soleil. Deux filles jacassaient d'une voix aiguë, en se tenant tout naturellement les mains et en les balançant au rythme de leurs pas.

Simon prit la feuille de papier sur la table, la froissa et l'expédia d'un ample mouvement du bras dans la rue, où elle alla rouler quelques mètres plus loin et finit par s'arrêter à côté d'une bouche d'égout. Les enfants se figèrent et levèrent un instant les yeux sur lui, puis ils continuèrent leur route en riant et en piaillant. Il les suivit des yeux jusqu'à ce qu'ils tournent dans la Malzgasse et disparaissent. La dernière chose qu'il vit d'eux fut les cartables qui sautillaient sur leurs dos comme pour tenter de s'envoler.

## 35

« Je trouve l'idée formidable, dit le boucher en plantant le couteau dans son billot. Tout commence par une fête et tout devrait se terminer par une fête !

– C'est bien ce que je me dis, observa Simon en regardant le sang couler de la lame et se répandre lentement sur le bois. Mais je ne suis pas tout à fait sûr. Ça fait quand même beaucoup de boulot. »

Il avait déjà assisté à nombre de fêtes, mais n'en avait encore jamais donné. Dans les brasseries du Prater, les festivités dégénéraient presque toujours en pugilats si dévastateurs que la remise en état des lieux mobilisait des bataillons entiers d'apprentis serveurs et de femmes de ménage, le matin suivant. Mais il y avait des nuits d'été où, pour de mystérieuses raisons, une sorte de miracle coiffait les cimes des marronniers sombres. L'air vibrait alors de rires et de bavardages d'une joyeuse légèreté. Les lampions colorés brillaient d'un éclat plus clair et plus vif, quand s'effaçaient les dernières lueurs du jour, et la nuit bleuissante nimbait d'une expression d'engourdissement heureux les visages des hommes et des femmes qui tournoyaient en musique, étroitement enlacés, sur le gravier crissant.

« C'est un peu de boulot, mais ça en vaut la peine, dit le boucher, et ça n'en donne pas tant que ça. Tu accroches quelques lampions et le tour est joué. Quand il s'agit de faire la fête, l'être humain n'en demande pas tant. L'essentiel, c'est qu'il y ait assez à boire et à manger. Et de la musique évidemment. Il n'y a pas de fête réussie sans bonne musique.

– Et où est-ce que je vais la prendre, cette bonne musique ?

– Mais de nos jours les gens ont tous un tas de disques à la maison. Ils raffolent de ça. »

Il se baissa, sortit un gros morceau d'épaule de bœuf de la bassine de tôle, qu'il lança sur le billot. Il passa plusieurs fois délicatement le pouce sur la viande, puis il baissa la tête et cessa de bouger.

« Qu'est-ce qu'il y a ? »

Le boucher resta coi. Simon observait sa tête baissée, ses cheveux clairsemés, ses petites oreilles rouges, ses mains sanguinolentes qui reposaient des deux côtés de l'épaule de bœuf. Soudain une secousse parcourut son corps, il se redressa et fixa sur Simon des yeux humides d'enfant.

« C'est encore arrivé.

– Quoi ?

– Ben, dit le boucher en faisant mine d'arrondir ses mains devant son ventre. Tu imagines.

– Mais ce n'est pas possible, dit Simon. Tu avais dit que c'était terminé. Que ça ne pouvait plus se produire.

– C'est bien ce que je pensais. Elle a atteint un âge où ce genre de choses est contre nature. N'empêche que c'est arrivé. Qu'est-ce que tu veux que j'y fasse.

– Depuis quand le sais-tu ?

– Depuis quelques semaines. Quand elle me l'a dit, sur le moment j'ai pensé, je me tire. Je prends mes jambes à mon cou et je ne m'arrête plus, plus jamais, tu comprends ça, toi ?

– Je crois que oui.

– Mais je ne l'ai pas fait. Je suis resté. Et tu sais ce qu'il y a d'étrange ?

– C'est quoi ?

– Maintenant je suis content. »

Il eut un sourire gêné, haussa les épaules, puis les laissa retomber.

« Tant mieux, dit Simon. Alors je m'en réjouis avec toi.

– Je me dis qu'un de plus un de moins, ça ne fait pas de différence. Il y en aura bien assez pour tout le monde.

– C'est sûr. Pourquoi pas, aussi.

– On ne voit pas encore grand-chose. Mais elle dit qu'elle le sent se retourner.

– Il se retourne ?

– Surtout la nuit. Comme s'il faisait un saut périlleux. Ça secoue un peu et hop il est déjà la tête en bas.

– Ça doit faire bizarre.

– Oui, mais elle n'est pas tout à fait sûre. Elle dit que c'est peut-être des imaginations. En tout cas c'est bizarre.

– Comment va-t-elle ?

– Il y a des jours où elle est comme avant. Elle aide le petit à faire ses devoirs, elle rit quand il y a quelque chose de drôle à la télévision et pleure à propos de tout et de rien. Puis d'autres fois je la regarde et c'est comme si je la voyais pour la première fois. Comme si j'avais une étrangère à côté de moi dans le lit. Tu te rends compte, une femme complètement étrangère, après tant d'années. »

Simon hocha la tête. Il repensa à sa mère qui était morte depuis si longtemps déjà. À la veuve qui semblait se déliter lentement. Et à Jascha qui avait surgit si brusquement, puis avait disparu de nouveau.

« On va boire un verre au café ? » demanda-t-il.

Le boucher secoua la tête. « J'ai du travail, dit-il, personne ne le fera à ma place.

– Je pourrais te graisser les charnières. Et resserrer les vis. La porte fait un drôle de bruit.

– Merci, non, dit le boucher en ôtant un couteau du billot. Je le ferai moi-même.

– Bon. Alors je vais y aller.

– Je crois que ce sera une belle fête. Tu pourras ouvrir les fenêtres, et les gens danseront dehors sous le réverbère. »

Quand Simon se retourna, dans la rue, le boucher était penché au-dessus de sa viande, qu'il découpait à petits coups de hache.

# 36

La fête eut lieu le samedi 31 juillet. La date plaisait à Robert Simon, c'était l'apogée de l'été, le point de bascule entre les adieux et un nouveau début, qui plus est les invités pourraient dormir tout leur soûl le dimanche matin, et il lui resterait ensuite quelques semaines jusqu'à l'expiration du contrat de gérance, assez pour remettre tout en ordre.

Une semaine plus tôt ils avaient distribué avec Mila des feuilles tout autour du marché : GRANDE FÊTE D'ADIEU ! SAM. 31/7. DÉBUT : 18 H. FIN : AU DÉPART DU DERNIER. OÙ : CHEZ NOUS AU CAFÉ. ENTRÉE LIBRE.

Ils étaient allés acheter des lampions chez Herzmansky. Des suspensions. Des guirlandes lumineuses. De grandes fleurs de papier de soie parfumé. De petits fanions ultrafins, scintillants, papillotants, qui dansaient à la moindre brise, dix-sept cinquante le paquet de trois. Mila tenait aux confettis. Elle en rafla toutes les boîtes qu'elle put trouver dans les rayons et en remplit le caddie. Son idée était de tapisser le plancher et le pavé de la terrasse d'une épaisse couche de confettis qui tourbillonneraient en formant de petits nuages multicolores sous les pieds des danseurs.

« Et des bougies, s'écria-t-elle. Il faut de grandes bougies blanches. Tout doit resplendir de bougies. La lumière des bougies se reflétera dans les yeux des invités. Imagine un peu : tous les yeux pleins de lueurs de bougie ! »

La semaine précédente, les camions de livraison leur avaient déposé quatre tonneaux de bière supplémentaires, dix-sept caisses de Gumpoldskirchner, trois cartons de mousseux sec et deux de doux, ainsi que deux palettes de schnaps de Styrie méridionale. Le boucher avait apporté deux tonnelets de saindoux frais, le marchand de primeurs Navracek un sac d'oignons nouveaux, et Franck Wessely une petite glacière où garder une ultime ration pour les heures tardives. Le matin, Mila briqua la salle et la terrasse à grands coups d'éponge, de brosse et de balai. Elle suspendit des guirlandes entre le réverbère et la porte d'entrée, accrocha les lampions et plaça des bougies sur le comptoir, les tables, les rebords de fenêtres et par terre à gauche et à droite de l'entrée. À midi, le ciel se couvrit et on entendit tonner au loin. Mais, à peine une demi-heure plus tard, la couche de nuages se rouvrait dans le ciel pour faire place à un soleil rayonnant.

Vers trois heures, Kurt Dvorcak arriva dans une 4 L de couleur rouille. Il mit une bonne heure à sortir les disques et les pièces de sa chaîne stéréo démontée et à installer le tout sur une table, à côté du comptoir. Simon avait rencontré Dvorcak des années plus tôt à la brasserie de la Lune Dorée, où il assurait le programme musical de la fête d'anniversaire d'un bon client.

De formation, il était plombier. Peu près la guerre, il avait intégré faute d'alternative l'entreprise paternelle, mais l'avait revendue à la mort de son père, pour investir le plus gros de son argent dans sa passion : la musique. Il agrandit sa collection de disques de trois rayonnages, acheta la chaîne stéréo la plus puissante qu'il pût trouver chez Elektro-Sobetzky dans la Margaretenstrasse, se fit confectionner un costume blanc couvert de paillettes et d'étoiles chatoyantes avec les bottes assorties et il se produisit désormais sous le nom ronflant de Heartbreakin' Kurt dans les fêtes de plein air et les jubilés de maisons de retraite, dont il concoctait la partie musicale.

À cinq heures il mit le premier disque, à cinq heures et demie la salle était pleine. Simon avait empilé les tables et les chaises contre le mur pour faire de la place aux danseurs, au comptoir l'animation était à son comble, et les premières tournées transformèrent la prosaïque sobriété vespérale en une atmosphère d'attente fébrile. Tout le monde était sur son trente-et-un, chemises blanches, bleu clair, jaune vif, robes d'été multicolores et aériens chignons crêpés dégageant des nuques dorées par le soleil. Micha le peintre arborait un chapeau à larges bords avec plume de paon frémissante dans le galon. Heide Bartholome se comprimait dans une robe mauve dont, au moindre mouvement, ses avantages jaillissaient chaque fois de manière inédite. Rose Gebhartl se présenta en costume d'été coquille d'œuf, le visage outrageusement maquillé, avec un sautoir doré qui étincelait au soleil. Elle s'immobilisa sur le seuil, inspecta les lieux une seconde et mit le cap sans hésiter sur Heartbreakin' Kurt qui scintillait derrière sa chaîne stéréo.

Le jour déclinait peu à peu. La lumière jaunissait aux murs des maisons, et on entendait claquer les rideaux métalliques du marché. La salle était pleine à craquer, l'ambiance toujours plus joyeuse, les rires plus sonores, et le volume des échanges monta d'un cran. Les marchands arrivaient peu à peu. Certains s'étaient arrangés, tant bien que mal, d'autres portaient encore leur blouse sur un pantalon de velours élimé. Accueillies par les clameurs enthousiastes d'un groupe d'asphaltiers, quelques ouvrières vinrent s'égailler dans la fête telle une nuée de papillons effarouchés.

Soudain Heide Bartholome apparut sur la terrasse. Un plein verre de mousseux à la main, le regard perdu au-dessus des toits, la crémière commença à se déhancher aux sons de *Toi l'étoile de ma vie*. Les convives semblèrent retenir leur souffle, tous les regards étaient fixés sur elle, et Heide renversa la tête, vida son verre d'un trait et le lança royalement par-dessus son épaule, où un monsieur d'un certain âge esquissa une sorte de plongeon pour l'intercepter avant qu'il n'aille se fracasser contre la 4L de Heartbreakin' Kurt. « Je l'ai ! Je l'ai ! » clama l'inconnu remis sur ses pieds, en brandissant le verre tel un trophée. L'exploit déclencha une salve d'applaudissements, sur quoi Heide leva les bras au-dessus de sa tête et se mit à tourner sur elle-même en oscillant comme une toupie désaxée. Quelques secondes après, la terrasse était pleine de danseurs. À l'intérieur, la musique se déchaînait, *l'étoile de ma vie* se consuma avec un bruit inquiétant, mais immédiatement après retentit *Kiss Me, Kiss Your Baby*. La fête était lancée.

À sept heures, le boucher arriva, son père à son bras. Pas moyen de faire asseoir le vieillard à une table. Il restait posté dehors contre le réverbère, les mains croisées dans le dos, posant sur l'assemblée des yeux vides d'expression.

« Ça ne fait rien, dit le boucher. Quand il fera nuit, au moins il ne sera pas dans le noir. »

Avant même le coucher du soleil, Simon dut brancher le troisième fût de bière ; du mousseux sec et du doux restaient quatre bouteilles de chaque, on avait épuisé la vieille prune, la framboise et la poire, et Simon se félicitait d'avoir au moins assez de provisions de Gumpoldskirchner et d'abricot pour saouler la moitié de Leopoldstadt.

Entre-temps on dansait aussi dans la salle. Frank Wessely et ses amis Breuer, Presbiszil et Bednarik avaient emmené leurs épouses, qu'ils poussaient devant eux à petits pas raides en sortant le bassin, d'autres couples tournoyaient toujours plus vite, étroitement enlacés, tandis que quelques-unes des jeunes femmes dansaient seules, se reposant furtivement un instant dans des bras masculins, avant de s'en libérer en riant et d'aller papillonner de nouveau.

Mila avait ramené ses cheveux en arrière dans un serre-tête à fleurs, ce qui lui donnait l'air un peu osé. Tenant au-dessus de sa tête son plateau chargé de verres, elle se frayait un passage entre les corps des danseurs en tentant de se repérer dans le chaos. De temps à autre, elle se posait sur les genoux de René assis à une fenêtre, les mains croisées sur la poitrine, la tête renversée contre le mur, et elle l'embrassait. Elle lui passait les doigts dans les cheveux, lui effleurait les joues des deux mains, puis bondissait sur ses pieds et allait poursuivre ses rondes parmi les convives.

Harald Blaha était plein comme une outre. Il faisait rouler son œil de verre sur les tables, le lançait en l'air, l'escamotait spectaculairement, puis le faisait réapparaître derrière les oreilles des femmes légèrement écœurées. Peu avant minuit, il s'empara d'un verre de schnaps vide qu'il se fourra dans l'orbite et se mit à tenir des discours, debout sur une chaise. Simon l'empoigna, le traîna sur la terrasse et l'assit sur le trottoir, le dos au mur, où il s'endormit, à moitié enfoui dans le lierre.

On passa trois fois *Kiss Me, Kiss Your Baby*, et à la dernière, Micha et Heide étroitement enlacés, leurs joues accolées baignées de larmes, louvoyaient dans la rue sous les yeux du père du boucher, qui resta contre son réverbère jusqu'à ce que son fils le prenne doucement aux épaules pour le pousser à l'intérieur vers le comptoir.

Hearbreakin' Kurt déploya toutes les ressources de ses caisses de disques : *Goodbye, My Love, Googbye*, *Mary Oh Mary*, *Le Garçon à l'harmonica*, *La Mandoline de minuit*, *Roses rouges*, *L'amour est le miracle des miracles*, *Sunshine Lover*, *Chirpy Chirpy Cheep Cheep* – ce dernier quatre fois même, et la dernière à peine audible, couverte par le chœur tonitruant des invités. Frank Wessely s'était assis sur le comptoir pour diriger, Rose Gebhartl, maintenant perchée sur les genoux de Heartbreakin' Kurt, glapissait d'une voix flûtée, et même René quitta sa place pour esquisser quelques pas de danse avec Mila sur le plancher. Heide Bartholome s'époumonait dans les bras de Micha, tandis que, dehors, les plus jeunes virevoltaient comme des phalènes égarées à la lumière du réverbère.

La fête se prolongea longuement, mais après coup nul n'aurait su dire quand elle s'était terminée exactement. Les premiers, dont le boucher et son père, quittèrent le café peu après minuit, les derniers regagnèrent leurs foyers en titubant dans la grisaille diffuse de l'aube. À quatre heures mourut l'accord final des *Flammes de l'amour dans le vent*, un dernier couple ébaucha encore quelques pas silencieux, avant de s'arrêter et de se fondre en zigzaguant, bras dessus, bras dessous, dans le matin naissant. Hearbreakin' Kurt secoua les rubans d'argent de ses cheveux, fourra sa chaîne stéréo, ses caisses de disques et Rose Gebhartl dans sa 4L et s'en fut, roulant au pas, très concentré, dans la Leopoldsgasse.

« C'était exactement comme je me l'étais imaginé », dit Mila. Elle avait ôté son tablier et laissait son regard errer dans la pièce. « Ils étaient si beaux, tous.

– Il faut le voir pour le croire, dit René.

– Maintenant c'est fini », dit Simon.

Les fenêtres filtraient une lumière bleu pâle, sans les gens, le bruit et les rires, la salle avait soudain rapetissé.

« Qu'est-ce que j'ai mal aux jambes, dit Mila. C'est comme si tout mon sang se retrouvait dans mes chevilles.

– On y va, dit René. Tu viens ?

– Je reste encore pour ranger le plus gros, dit Simon. Il ne faut pas qu'on dise du mal du café. »

Mais c'était une crainte injustifiée. Personne ne s'offusqua des éclats de verre dans le caniveau ou du petit ruban de guirlande isolé qui voleta sur le réverbère jusqu'à ce que le vent l'emporte. Nul ne rouspéta contre la couche humide de confettis, de sous-bocks et de mégots de cigarettes piétinés ou les relents tenaces de bière et de cigarettes refroidies que les fenêtres exhalèrent encore des jours durant vers le marché. Même le dessin obscène que Micha le peintre avait tracé d'un doigt barbouillé de cendre sur le mur de la maison d'en face et affublé du titre *La guerre des sexes* ne réussit pas à troubler l'esprit des voisins ou des passants.

La vérité, c'est que, bientôt déjà, personne ne pensa plus à la fête. Et Simon lui-même, quand il essaya plus tard de se remémorer cette nuit-là, ne put guère se rappeler que quelques détails flous. Ce qui restait, c'était un sentiment d'adieu. Ces dernières années, le quartier du marché des Carmélites s'était transformé petit à petit, même si, prises isolément, ces transformations ne lui avaient pas semblé si importantes et, a posteriori, la fête lui apparut comme les derniers feux d'un temps quasiment révolu, les dernières braises dont les lueurs claires perçaient encore le brouillard du passé.

Le vieux Georg avait été parmi les derniers à quitter le café. Au lever du jour, il gagna le Praterstern par la Haidgasse et la Rotensterngasse et prit vers le nord pour gagner le Danube. Même pour un picoleur invétéré, il avait beaucoup bu, de fatigue il ne sentait plus ses membres et ses pieds avançaient dans un coton touffu, mais il aurait presque pu continuer des heures à marcher comme ça. Lui aussi il avait dansé, chanté et, ô surprise, peu après minuit, tenu dans ses bras une jeune ouvrière pour quelques tours de piste endiablés. Le parfum de ses cheveux et la vue de son front blanc et lisse lui avaient si bien embrumé le cerveau qu'il aurait perdu l'équilibre et se serait étalé sur le plancher, si la fille ne l'avait rattrapé par le col de sa chemise et poussé sur un tabouret de bar.

Dans la Walcherstrasse, il croisa quelques cheminots en uniforme qui allaient rejoindre, tête baissée, sans un mot, les équipes du matin. Des pigeons d'un gris d'asphalte s'éveillaient dans les gouttières et paradaient en roucoulant sur les corniches des fenêtres. Dans la poche de son manteau ballottait le demi-litre de gnôle que Simon lui avait glissé en guise d'adieu et avec lequel il entendait terminer la nuit en beauté. Il envisagea un instant de s'installer sur un banc du parc de la Mexikoplatz, mais poursuivit finalement par le Handelskai pour longer le Danube vers l'aval. À un débarcadère des péniches, il s'assit sur le talus, s'adossa à la pierre du remblai et contempla l'autre rive. Le soleil se levait derrière les grues de Kaisermühlen et son reflet éblouissant dans l'eau lui fit mal aux yeux. Il se rendit compte alors qu'il était fin soûl. Quand il fermait brièvement les yeux, le sol semblait se dérober sous lui, comme si tout l'espace allait basculer et le précipiter dans un abîme sans fond.

Il extirpa la bouteille de la poche de son manteau et en avala une gorgée. Puis il appuya la tête contre la pierre. Il commençait à avoir chaud dans son manteau, mais il était trop las pour l'enlever. Il cligna des yeux. Dans la lumière, des gouttes de sueur scintillaient sur ses cils. De nouveau il eut l'impression que la terre bougeait sous ses fesses et, l'instant d'après, il entendait un intense vrombissement, suivi d'un craquement assourdissant. Il pressa la bouteille contre sa poitrine, essaya de se lever, retomba et resta assis. Son regard se posa en amont du fleuve. Là où, quelques secondes plus tôt, les piliers du Reichsbrücke émergeaient encore dans l'air, l'eau écumait et les rayons de soleil se brisaient dans une aura de vapeur et de poussière. Le pont avait disparu, seuls pointaient encore du fleuve des tronçons de chaussée obliques. Des étincelles fusaient de la conduite aérienne du tramway, qui gisait sur l'eau, effrangée, déchirée. Étrangement, il y avait, exactement au milieu du fleuve, un autobus rouge, dont les pneus baignaient dans le courant. Le vieux Georg plissa les yeux. Sous le grondement qui emplissait ses oreilles, il entendait des cris étouffés, à moins que ce ne fût le glapissement des mouettes qui s'égaillaient dans le ciel tous azimuts. Il sentait la bouteille contre sa poitrine et, sous elle, les battements de son cœur. Il voulut se lever, aller quelque part où c'était frais, ombragé, mais il était trop fatigué et trop déboussolé. Il but une bonne rasade de gnôle et, en posant le flacon, il vit, comme dans une bruine irisée, un homme grimper sur le toit de l'autobus et y rester perché sans bouger, le visage enfoui dans ses mains. Le vieux Georg s'accorda une dernière gorgée, ferma les yeux et attendit patiemment que la chaleur se diffuse dans son corps et, quand ce fut enfin le cas, il se dit à lui-même, tout fort et avec une certaine insistance : « Dieu du Ciel, un si beau pont, et voilà qu'il n'y est plus. » Il décida de ne plus rouvrir les yeux, sentit le flacon vide lui glisser de la main, s'adossa au remblai et s'abandonna.

37

J'AI TOUJOURS eu envie d'une maison au bord de l'eau. Pas besoin d'une mer, la petite île de Gänsehäufel sur le Danube m'aurait suffi. Ou n'importe quel étang creusé dans la nature du côté de Traiskirchen. Du moment qu'il y a de l'eau. Et des libellules qui planent au-dessus comme si elles étaient clouées dans l'air. Quand j'étais jeune, j'aimais nager. On se sent complètement différente. Dans l'eau tout le monde est beau. Autrefois nous passions des étés entiers à barboter au Attersee. De vrais poissons. On faisait l'aller et retour de Stockwinkel à Seefeld, avant même le déjeuner. Ce n'est pas rien. Ma mère traçait toujours une croix sur mon front avec le pouce, avant que nous partions. Elle se faisait du souci, mais elle nous bénissait quand même. On ne le disait pas à mon père. Mon père se méfiait de l'eau. L'eau, ça ne pardonne pas, affirmait-il. La nature ne vous pardonne rien nulle part. Vu de maintenant je dirais qu'il avait raison. À l'époque je ne l'écoutais pas. J'étais encore assez bête pour être heureuse. Aujourd'hui je me demande où sont passées les années. Tout est si triste maintenant. Tout se défait ou s'effondre ou se délite sans la moindre élégance.

Au cimetière au moins c'est beau. Presque pas de gens et un calme exceptionnel. À part les oiseaux bien sûr. Les oiseaux, ça ne compte pas. Ils peuvent pépier et crier tant qu'ils veulent, ça n'empêche pas le calme. Si seulement ce n'était pas si loin. Une demi-heure avec le 71, puis un quart d'heure de marche. Avec mes genoux qui gonflent. L'été, les allées de gravier sont blanches à vous faire mal aux yeux. Mais les oiseaux vous dédommagent de tout. Les oiseaux et les fleurs. On offre plus de fleurs aux morts qu'aux vivants. Une honte. Mes préférées, ce sont les marguerites. La marguerite est une fleur modeste. Elle ne fait pas l'article de sa beauté comme la rose ou la jacinthe. J'ai apporté un petit bouquet, dans un petit vase de verre. Ça lui aurait sûrement plu. Ensuite tout est allé très vite. Elle ne voulait pas de discours sur sa tombe. Devant la mort, il n'y a pas de mots, a-t-elle déclaré un jour. Je ne suis pas de cet avis. À mon enterrement je veux des discours. Ou mieux, des chants. J'aimerais un chant d'adieu, même si je ne peux plus l'entendre. Les chants restent plus longtemps que les pierres tombales. On devient si sentimentale. Alors que je ne sais pas du tout pourquoi je tiens tant à la vie. Je n'ai pas demandé à vivre. Le bruit, je ne peux pas l'oublier. Le bruit de la terre qui tombe sur le cercueil. Sec et sourd. La nuit, je l'entends encore. Et comme je ne dors presque plus. Au lieu de quoi je reste allongée à épier mes souvenirs. Ce n'est pas toujours agréable. Un jour, elle m'a dit : Je me réjouis de demain, juste parce que ce ne sera plus aujourd'hui. C'était ici à cette table. Il bruinait, et Simon nous avait ouvert le parasol. Je ne sais pas pourquoi ça me revient maintenant. Tout à la fin en tout cas, il est arrivé quelque chose de drôle : un des croque-morts a trébuché et s'est retrouvé le derrière dans le tas de terre fraîchement retournée. On voyait bien qu'il avait du mal à s'empêcher de rire. C'est dommage. Le rire aurait donné du cachet à la cérémonie. Il s'est contenté de se relever et a continué à combler le trou comme si de rien n'était. Mais certainement pas longtemps. Là-bas derrière, à côté du mur, il y avait déjà une petite pelleteuse qui attendait. Ensuite je suis rentrée à la maison. Je n'ai pas pleuré. Ça fait longtemps que je n'ai plus de larmes. On s'assèche de plus en plus avec l'âge. Tout s'effrite, tout s'émiette, à la fin il ne reste qu'un tas de poussière. L'être humain est sans mystère. N'est-ce pas bizarre : je l'aimais et je ne le savais pas. Maintenant je le sais. On sait toujours tout à contretemps. Parfois même jamais. Mais bon, vous avez du travail. Merci de m'avoir écoutée, Mila. Quand on commence à parler tout seul, ça n'en finit pas. Et maintenant portez-moi donc encore un demi-quart de rouge. Ça fait de si jolis reflets au soleil.

## 38

Une brise fraîche chassait l'humidité de la ville, le soleil, dans le ciel bleu, avait l'air d'un disque de tôle incandescente. Au café régnait une atmosphère de nervosité tendue comme on en ressent parfois avant un long voyage ou une séparation à l'issue incertaine. Après avoir disparu quelques jours pour de mystérieuses raisons, les moineaux étaient revenus s'agiter dans le lierre froufroutant à la nuit tombante. Les conversations tournaient presque exclusivement autour de l'effondrement du Reichsbrücke. Chacun avait son avis sur la question, les journaux étaient pleins d'histoires sur la catastrophe, le béton qu'on avait coulé sans soin et le métal qui avait durci trop vite, la responsabilité et la culpabilité des politiques, des conseillers en urbanisme et des ingénieurs. Par miracle il n'y avait eu qu'un mort : un jeune conducteur d'un break de location qui partait travailler avait été entraîné au fond par les décombres du pont et retrouvé au bout de plusieurs jours seulement. Les quatre autres personnes qui se trouvaient sur le pont à cette heure matinale, dont le chauffeur du bus de ligne demeuré sur la chaussée effondrée au milieu du Danube, en furent quittes pour la peur. On constitua des commissions d'enquête et des états-majors de crise. On convoqua des foules d'experts. Le maire de Vienne, Leopold Gratz, proposa de se retirer, mais décida finalement de rester en poste. D'autres durent démissionner. Pas plus tard que deux jours après l'accident on décida de rebâtir le pont et d'entreprendre la construction d'un pont de secours pour décongestionner la circulation.

Le vieux Georg, qui était un des rares témoins, fut interrogé lui aussi. Les policiers l'avaient trouvé dormant à poings fermés sur la rive à une centaine de mètres en aval. Sa déclaration ne fut pas d'un grand secours. Il dit juste qu'il y avait eu un vroum si incroyable qu'il avait cru que « ça allait casser la ville en deux ».

Les clients débattaient des particularités techniques du pont et tentaient de reconstituer ses dernières heures. N'était-ce vraiment que l'influence des intempéries, du courant, des températures et d'une fissure « rampante » du béton dans le socle d'un pilier qui avait provoqué l'écroulement ou y avait-il d'autres influences beaucoup plus puissantes, qu'en haut lieu on tenait secrètes, taisait, dissimulait, déguisait ? Rose Gebhartl, encore mal remise de son aventure sur la banquette arrière de la 4L de Heartbreakin' Kurt bourrée de caisses de disques, était d'avis que, dans leur suffisance et leur stupidité abyssale, les hommes politiques portaient l'entière responsabilité de l'accident : « Quand on se met à creuser sous une ville, il ne faut pas s'étonner qu'elle s'effondre », disait-elle.

Le pont n'était qu'un début. Bientôt viendrait le tour de la cathédrale Saint-Étienne, puis de la Hofburg, et pour finir c'est votre propre salon qui s'écroulerait sous vos fesses.

Robert Simon vaquait à ses occupations sans se laisser distraire de sa tâche et, quand on lui demandait son avis sur cette affaire, il se bornait à hausser les épaules. Il avait traversé le Reichsbrücke deux ou trois fois dans sa vie sans y penser autrement. Il attendit quelques jours pour aller au bord du Danube voir, au milieu d'une foule d'autres badauds, le bus hissé hors de l'eau et ramené à terre à l'aide d'une grue amphibie spécialement construite pour l'occasion. Posté sur la chaussée effondrée où l'eau lui arrivait aux genoux, un ouvrier faisait de grands mouvements en l'air à la manière d'un chef d'orchestre. Sur quoi la grue se mit en mouvement dans un grincement retentissant et commença à avancer en cahotant vers la terre ferme, où d'autres ouvriers attendaient de pouvoir s'occuper du transport du bus. Les gens poussaient force cris et clameurs. À côté de Simon un homme pleurait. Quand il lui demanda pourquoi, il dit qu'il pleurait parce que ç'en était bel et bien fini maintenant de la vieille Autriche. Des temps meilleurs se profilaient sans doute, dit-il, tandis que de grosses larmes coulaient sur ses joues. Mais des temps meilleurs, c'étaient aussi des temps nouveaux, il fallait d'abord s'habituer.

En revenant au café, Simon fit un détour par la petite boutique de fleurs, à côté du cinéma Tabor, pour acheter un bouquet. C'était un bouquet fourni et coloré avec de la camomille, de la lavande, des pieds d'alouette, deux dahlias éclatants au milieu et un ruban de soie brillante. Quand il descendit la Taborstrasse, son bouquet dans les bras, les gens lui souriaient comme pour le féliciter de sa résolution de faire plaisir à quelqu'un.

Il offrit le bouquet à Mila. Elle était assise au comptoir à côté de Harald Blaha et comptait les pourboires de la semaine dans une grande enveloppe. « Merci, dit-elle. C'est pour quoi ?

– Pour tout, dit Simon.

– Elles sont belles.

– La fleuriste m'a dit qu'il suffit de deux doigts d'eau, sinon tu les noies. De préférence de l'eau de pluie. Mais bon, on n'en a pas toujours.

– Je vais les mettre dans le vase. Elles tiendront peut-être jusqu'à la fin.

– Alors tu pourras les prendre chez toi.

– C'est peut-être ce que je ferai, dit Mila. Merci.

– Et où est-ce que je vais aller maintenant ? dit Harald Blaha, en fixant de son œil valide, teinté d'hostilité, le bouquet de Mila. Pour un type comme moi, il n'y a plus de place nulle part.

– Il n'y a plus de place nulle part pour aucun de nous, lança Frank Wessely de la table de jeu. Et c'est la faute aux spéculateurs !

– Exactement, renchérit Breuer en laissant tomber ses cartes sur la table. C'est les spéculateurs.

– Il y a un café qui vient juste d'ouvrir au Praterstern. On pourrait y aller, dit à la table voisine un homme dont personne ne connaissait le nom et qui était apparu au café pour la première fois la semaine précédente.

– Quelqu'un peut-il lui dire de la fermer ? demanda Wessely.

– Je peux m'en charger, dit Presbiszil, qui n'avait pas décroché un mot depuis une heure. Mais il va peut-être comprendre tout seul.

– Mais je n'ai rien dit, se défendit l'homme.

– J'ai du coton dans les oreilles peut-être ? rétorqua Wessely.

– Laisse-le tranquille, dit Bednarik. Il n'a qu'à y aller, au Praterstern, je lui souhaite bien du bonheur.

– Exactement, renchérit Breuer. Et maintenant on continue. Parce que j'ai un de ces jeux, ce soir. »

Quand Simon, plus tard, repensa à cette période, elle lui apparut comme un défilé sans fin de tous les clients qu'il avait vus au moins un jour au café. Tous vinrent prendre congé une dernière fois, ne serait-ce que par un adieu muet, non formulé, comme trinquer une dernière fois ou ébaucher un signe de tête ou de la main en partant.

À sa grande surprise, il n'éprouvait aucune tristesse. Peut-être était-il tout simplement trop exténué pour être triste. Quand il était couché la nuit dans son lit, il attendait, pour voir si une vague mélancolie ou au moins un soupçon de tristesse n'allait pas se manifester, mais à peine avait-il fermé les yeux qu'il s'endormait. Il lui arrivait d'interrompre son travail et de pousser un profond soupir, mais chaque fois il se sentait ridicule et se félicitait que personne ne l'ait vu ou entendu.

Il lui arrivait aussi de repenser à ses débuts, à l'essaim de moucherons qui s'était levé tel un voile noir derrière le comptoir, à l'odeur des lames de plancher fraîchement poncées et aux vapeurs qui lui avaient embrumé les sens quand il avait verni les meubles. Il repensa au jour où Mila avait débarqué, au premier hiver avec punch et à ses doigts blancs qui avaient été retrouvés par un pompier entre des bouts de métal éclatés et transportés à l'hôpital avec le gyrophare, enveloppés dans un mouchoir. Il pensait à Micha et Heide, au malheureux Arnie Stjanko, aux visages lumineux des deux dames sous le parasol, aux hommes las et gris de poussière qui s'arrêtaient boire une bière ou un café en rentrant du travail, et à Jascha et son pigeon mort.

Un après-midi, il s'assit avec un soda-framboise au comptoir, et en laissant errer son regard dans la salle vide, il se rendit compte de ce qui lui avait échappé à force de trimer toutes ces dernières années : le café avait pris un coup de vieux. La lumière était jaune et des grains de poussière dansaient dans l'air. Le comptoir et les tables étaient maculés de taches et entaillés de rides profondes comme la peau d'un vieillard. Le sol sous les tables était presque noir et, sur le seuil, le plancher commençait à se gondoler. Les vitres étaient ternes, sur les rebords de fenêtres s'étalaient des ronds de moisissures.

Il n'avait pas fallu dix ans pour mettre le café dans cet état. Dans notre partie, le temps passe plus vite qu'ailleurs, lui avait dit un jour un cafetier du Prater. C'était du temps où il avait encore du duvet aux joues et ramassait les mégots de cigarettes sur le gravier en nageant dans un tablier bien trop grand pour lui. S'il en croyait maints regards de femmes, il était encore très présentable, mais il était las. Il s'était rendu compte combien les mardis lui étaient nécessaires pour se reposer et, depuis quelque temps, il voyait venir le moment où un jour de congé par semaine ne lui suffirait plus. Ses chevilles lui faisaient mal. Le matin, il avait de la peine à s'extraire du lit, tant ses membres étaient raides et, chaque fois qu'il se penchait sous le comptoir, une douleur aiguë lui poignardait les reins. C'est très bien comme ça, se disait-il, il faut mettre un terme aux choses tant qu'on a la force de commencer quelque chose de nouveau.

La dernière journée fila à toute vitesse, Robert Simon ne la vit pas passer. Aucun habitué ne se montra et il s'en réjouit secrètement. Tout avait été dit, tout avait été fait. Les adieux étaient accomplis, chaque mot de plus, chaque poignée de main gênée, un peu trop prolongée, aurait peut-être tout de même réveillé au tréfonds de lui une vague tristesse qui sommeillait. À midi, quelques clients du marché passèrent prendre un café ou un demi. Deux Turcs commandèrent des eaux gazeuses et, à peine assis, se mirent à discuter tout fort. L'un d'eux frappait sans cesse en même temps la table de la paume de la main, sur quoi l'autre, son père visiblement, croisait démonstrativement les mains sur sa poitrine. Un homme en survêtement but coup sur coup trois verres de vin, un autre resta deux heures devant un verre d'eau à étudier le journal.

En fin de journée, le boucher traversa la rue. Il s'assit sur la terrasse et étendit les jambes. Dans la lumière du couchant, ses mains qui reposaient sur son ventre brillaient d'un éclat rosé. Il les avait lavées au savon noir comme chaque jour et s'était brossé les ongles pour en ôter les saletés ou les restes de sang.

« Tu peux commencer chez nous demain, si tu veux, dit-il à Simon. Il y a toujours à faire.

– Je sais, dit Simon. Tu bois quelque chose ?

– Une bière. »

Simon alla tirer deux blondes et s'installa à côté de son ami. Ils burent leur bière en savourant le calme et le soleil de la terrasse.

« Comment va ton père ? demanda Simon.

– Après la fête il est resté deux jours au lit. Maintenant il est à nouveau posté en bas, à l'entrée de la maison, et regarde dans la rue. Je crois qu'il est immortel.

– Oui, dit Simon. Qui sait. »

Ils se turent un moment et observèrent l'ombre grimper lentement sur les murs des maisons.

« Je crois qu'il faut que j'y aille », dit le boucher. Il finit sa bière et se leva. « À bientôt, Simon.

– Oui, dit Simon. À bientôt. »

Vers le soir se présenta une troupe d'élèves endimanchées de l'école ménagère. Les jeunes femmes fêtaient les fiançailles d'une de leurs amies. Elles parlaient et riaient toutes en même temps, leurs voix claires et allègres résonnaient dans toute la rue. Chacune d'elles but deux verres de vin, et juste avant dix heures elles sautèrent de leur chaise comme un seul homme, traversèrent la rue, alignées en une large rangée, et pénétrèrent dans le marché, où elles s'évanouirent dans le crépuscule entre les stands déserts.

Ensuite il n'y eut plus personne. Simon essuya le parasol, le plia dans une bâche en plastique et le cala contre le mur près de la porte à l'intérieur. Il balaya le plancher et versa trois seaux d'eau sur la terrasse. Mila passa un chiffon sur les tables et lava les salières et les cendriers. Ils grattèrent ensemble la cire du comptoir, nettoyèrent l'évier et empilèrent les meubles au milieu de la salle – ainsi que Simon les avait trouvés dix ans plus tôt.

« On est quel jour aujourd'hui ? demanda Mila.

– Lundi, répondit Simon. Demain on a congé.

– Ça tombe bien, dit Mila en souriant. Je suis fatiguée. »

Il tira une enveloppe de la poche de son pantalon et la posa sur le comptoir.

« Ce n'est pas beaucoup, mais tu sauras quoi en faire.

– Merci, dit Mila. Ça, tu peux en être sûr. »

Elle empocha l'enveloppe, ôta son tablier, le plia en huit et regarda Simon.

« Ne viens pas jusqu'à la porte, s'il te plaît, ce serait encore plus triste.

– Si, dit Simon. Je te raccompagne. »

Ils sortirent sur le pas de la porte. Il faisait nuit maintenant, le réverbère s'alluma avec un petit déclic et plongea la terrasse dans une lumière blême. Partout aux fenêtres clignotait le bleu des téléviseurs.

« J'ai rangé les bougies derrière, avec le balai-brosse et la serpillière, dit Mila. Il reste des tabliers aussi. Je ne les ai jamais portés. Tu devrais les prendre, ce serait dommage. »

Simon acquiesça.

« Et pense à fermer la trappe d'aération dans la cuisine. Sinon les souris pourront passer. J'ai oublié de la fermer tout à l'heure.

– Elles peuvent toujours venir. Elles ne trouveront rien. »

Sa voix s'enroua, il fit un pas incertain vers la rue, s'arrêta et se tourna vers Mila. « Qu'est-ce que vous allez faire ?

– Je ne sais pas. Peut-être rien du tout les premières semaines. René ne veut pas revenir aux autos-tamponneuses. Il n'arrête pas de parler de l'Amérique. Ça ne lui sort pas de la tête. Mais moi je me demande ce que ça veut dire, l'Amérique… »

Derrière les fenêtres éclata un tonnerre de rires et d'applaudissements, ponctués par la voix monotone d'un speaker de la deuxième chaîne.

« C'est trop bête, dit-elle. J'y vais, maintenant. »

Mila traversa la rue et gagna le coin de la Krummbaumgasse, où l'attendait René. Elle disparut un instant, comme avalée par son immense silhouette. Ils s'étreignirent brièvement. René fit un signe de main, puis ils descendirent la rue sans se retourner.

Simon rentra dans le café. Il empila les caisses de bouteilles vides, ferma l'eau et dévissa les fusibles.

Sur le tableau électrique gisait un mot poussiéreux où était marqué en lettres tremblées : *3 vins / du blanc et rien d'autre.* Il empocha le mot et alla fermer la trappe d'aération à la cuisine. Il n'avait pas besoin de lumière pour trouver le petit levier. Il laissa l'air frais lui souffler au visage un instant, puis il ferma la trappe et regagna la salle. Il jeta un coup d'œil autour de lui. La porte ouverte et les fenêtres dessinaient des rectangles jaunes sur le sol. Sans les meubles, tout avait l'air beaucoup plus petit. Il se demanda comment on avait pu faire tenir tant de gens dans un si petit espace, surtout quand le café était plein, les bons jours de marché ou certains soirs d'hiver. Il resta debout un instant, écoutant le silence tapi dans les murs, l'ombre du comptoir et l'embrasure de la porte de la cuisine. Puis il prit sa veste au crochet et s'en alla.

## 39

Un paquet sous le bras et les mains dans les poches du pantalon, Robert Simon longeait la Nordwestbahnstrasse. Il était onze heures du matin par une fraîche journée de septembre ; il avait déposé les clés du café à Kostya Vavrovsky trois semaines plus tôt et n'avait plus remis les pieds au marché des Carmélites depuis. Il dépassa la friche qui s'étendait devant les anciennes voies ferrées et tourna dans une petite ruelle latérale. Il acheta un journal et une boîte de chocolats au magasin qui faisait le coin, puis continua sa route, qui passait devant des chantiers, des immeubles de rapport mal entretenus et des logements communaux arborant d'éclatants géraniums rouges aux fenêtres et aux balcons. Devant une maison moderne de trois étages à façade vitrée, il s'arrêta. Il se passa les doigts dans les cheveux, boutonna sa chemise jusqu'au cou et gagna par la porte à tambour un hall d'entrée très éclairé, où un portier en uniforme gris attendait derrière un bureau.

« Bonjour, dit Simon en lui glissant le journal sur la table. Voilà de quoi lire.

– C'est gentil de ta part, dit le portier. Mais, quand je lis, la journée me paraît encore plus longue qu'avant.

– Regarde au moins les résultats.

– Je les ai entendus à la radio. Ils sont déjà vieux, quand ils sont dans le journal.

– La Vienna a perdu.

– La Vienna perd tout le temps. Pas besoin de regarder le journal pour le savoir. »

Chaque samedi, ils jouaient à ce petit jeu. Le portier lirait le journal. Il éplucherait les comptes-rendus du match avec la composition des équipes et ferait les mots croisés de la dernière page.

« Elle est prête, dit le portier. Tu peux y aller. »

Simon traversa le hall et monta au troisième étage par l'escalier. Il suivit un long couloir, où s'infiltraient des bruits et de la musique. Des voix dans une radio, une toux, des pas traînants. Tout au fond, une porte était ouverte, et il entra dans une pièce meublée de dix ou douze tables. Aux murs, d'anciennes reproductions de la ville. Une vitrine de gâteaux. Un petit meuble avec des magazines et une pile de couvertures. Près d'une fenêtre, le dos tourné à la porte, il y avait la veuve de guerre Martha Pohl. Son fauteuil roulant était placé de manière à ce qu'elle n'ait pas le soleil dans les yeux. Elle avait le buste légèrement penché en avant. Les mains posées sur les genoux. Les pieds fourrés dans de grosses chaussettes de laine. Ses yeux étaient ouverts, son regard dirigé vers le dehors. Simon s'empara d'une couverture, qu'il lui posa sur les épaules. Les doigts de la veuve tressaillirent quand il la toucha, elle poussa un soupir presque imperceptible.

« Bonjour, dit-il. Comment allez-vous ? »

La veuve tourna lentement la tête dans sa direction, ses yeux le regardèrent sans comprendre.

« Je vous ai apporté quelque chose, dit Simon en lui posant le petit paquet et la boîte de chocolats sur les genoux.

« Des chocolats et deux chemises de nuit. Je suis allé les chercher hier au pressing. La teinturière dit qu'elles sentent la violette. »

La veuve regarda les affaires et revint un instant comme de très loin. Sa bouche esquissa un bref sourire. Puis son regard s'échappa de nouveau, erra un moment dans la pièce et finit par se poser quelque part dehors.

Simon observa la vieille femme. Quelques semaines plus tôt, il avait encore l'impression qu'elle le regardait quand il lui adressait la parole. Mais déjà elle ne parlait plus. Il se souvenait encore des derniers mots : « C'était moi… je t'en prie, ne leur dis rien. » Cela faisait plus de deux mois à présent, et il n'avait pas réussi à savoir ce qu'elle avait voulu dire.

Dans la pièce, le silence était presque complet, par moments seulement leur parvenaient des bruits de la chambre voisine. Une mouche bourdonnait contre la vitre, en bas dans la rue une voiture passait en vrombissant. On entendit un léger grondement au loin, le ciel se couvrit de nuages gris.

« J'aime l'automne, dit Simon. La chaleur diminue et tout sent tellement bon. C'est comme si toute la ville sentait la terre. »

La veuve ferma les yeux. Il pensa au jour où ils avaient fait connaissance. Son regard dans son dos. Les petites danseuses de porcelaine sur le rebord de la fenêtre dans la petite pièce claire. Peut-être les lui apporterait-il la prochaine fois. Enveloppées dans du papier ou, mieux, dans un vieux pull-over.

« Si seulement ce n'était pas l'hiver qui suivait, dit-il. Cette corvée avec la neige, les joints de fenêtre éclatés et toute cette saleté sur le plancher. Je poserai un paillasson devant l'entrée cette année. En crins de cheval ou quelque chose d'approchant. Faudrait juste que les clients l'utilisent… »

À la lumière de la fenêtre, les traits de son visage semblaient maintenant plus doux. C'était comme si, à chaque instant, elle rajeunissait un peu.

« L'hiver va être rigoureux, poursuivit Simon. J'en suis sûr. Je le sens : une sorte de tiraillement à l'endroit où étaient mes doigts. C'est quand même étrange, pourquoi sent-on quelque chose qui n'est plus du tout là ? C'est la même chose à l'appartement : quelquefois je vous entends respirer la nuit. Alors, un instant, je crois que vous êtes dans votre lit et que vous dormez. »

Il frotta les moignons de ses doigts du talon de sa paume. « Vraiment étrange, répéta-t-il pensivement. N'empêche que l'hiver a aussi du bon. Les nuits rallongent, c'est bien pour les affaires. On va bientôt commencer avec le punch. Les clients réclament déjà. »

Le visage de la vieille femme se creusa de profonds sillons, comme si elle souffrait. Ses lèvres étaient sèches et gercées. Ses paupières étaient rougies, parcourues de petits vaisseaux violets ; au-dessous d'elles, ses yeux erraient çà et là, en tressaillant.

Dehors une bruine fine s'était mise à tomber, des traînées irisées couraient sur les vitres. De l'autre côté de la rue, le vent gonflait le voilage de gaze blanche d'une fenêtre ouverte. On aurait dit que la pièce, derrière, respirait.

« Je vais rentrer maintenant », dit Simon.

La veuve était calme à présent, son souffle régulier, ses yeux ne remuaient plus non plus.

« La prochaine fois, je vous apporterai votre manteau, dit-il. Celui qui a un col si doux. Nous irons nous asseoir au soleil et je vous parlerai du café. »

Il réajusta encore la couverture sur ses épaules, puis il se détourna hâtivement et partit. Dans le couloir, parmi toutes ces voix étouffées, il se sentit triste et oppressé, mais en descendant l'escalier il respira plus librement, et quelque chose qu'il ne pouvait nommer commença à se détacher de lui, comme un morceau de terre qui se décolle lentement de la rive, puis est emporté par les eaux.

« C'était une courte visite, dit le portier dans le hall. Mais c'est mieux que pas de visite du tout.

– Vous devriez monter le chauffage. Il commence à faire froid.

– C'est toujours pareil, ils font des économies partout où ils peuvent. Mais je transmettrai. On se voit la semaine prochaine ?

– Oui, dit Simon. À bientôt. »

Il lui fit un signe de tête, s'engouffra dans la porte à tambour et se retrouva dans la rue, où une pluie douce tombait dru maintenant. De son bureau, le portier le regarda faire quelques pas vers la gauche, s'arrêter un moment, indécis, puis se retourner et partir dans la direction opposée. Après quoi il ouvrit le journal et commença lentement à résoudre l'énigme, un bout de langue entre les dents.

ACHEVÉ D'IMPRIMER
EN NOVEMBRE 2023
SUR LES PRESSES
DE
L'IMPRIMERIE F. PAILLART
À ABBEVILLE
POUR LE COMPTE
DE SABINE WESPIESER ÉDITEUR

IMPRIM'VERT®

IMPRIMÉ EN FRANCE

NUMÉRO D'ÉDITEUR : 221
ISBN : 978-2-84805-492-6
DÉPOT LÉGAL : SEPTEMBRE 2023